U0153022

Milano Olsen

TEMPORARY HELL

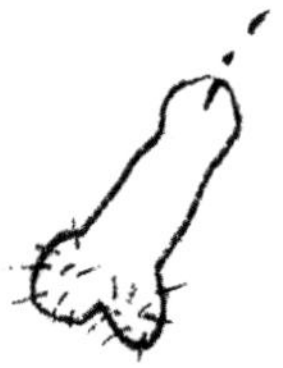

▲ Fog World

▲Real World

自序

小時候我非常著迷一部恐怖／科幻電影 *The Faculty*（《老師不是人》），特別是其中在校園泳池裡被異形追逐的劇情：異形長滿觸角，以慢動作播放著觸角蠕動，抓住逃離泳池的龐克女孩。摔落、噴血、血與水飛濺，恐懼卻令人著迷。從此，我在泳池裡游泳都幻想自己也被異形追殺，更曾幻想成爲警察，在末日殺死殭屍，拯救親人與愛人。成年後才發現，原來世界沒有殭屍、也沒有怪物，只有著比它們更可怕的東西。

強烈的情緒來臨時，我喜歡幻想刺激，幻想 B 級設定與血腥、瘋狂的世界。惡趣味的世界裡，每個人全都瘋了，發生任何事情都那樣合理。雖然也曾疑惑每一部末日題材裡的劇情，疑惑爲什麼世界已經如此癲狂，故事裡的人物還有心情聚集在一起歌唱、把酒言歡。主角們也總像是處於不同時空，還互相親吻，撫摸彼此的肉體，在末日裡仍然願意選擇浪漫。爲什麼不顧一切在這樣的險境之中繼續生子和性愛，不顧可能感染或是削弱生存的能力、帶著一百種使自己逃不過被啃食的因素，也執意賭上一切？後來，我才開始理解。

如果因爲世界變異，導致我們集體瘋狂、失去理性，存活了，卻不選擇像人，不選擇過去的我們所擁有的日常，違背常理，那我們還與怪物有何不同？

這個關於情緒和感受的書寫與創作計畫，收錄了我平日裡文字以外的插畫及影像作品。我將它們整理成三個章節：Real World、Fog World/Otherworld，以恐怖心理遊戲《Silent Hill》裡被創造出的世界作爲概念，讓自己在充滿怪物的世界裡求生、爲那些在意的事情寫一本恐怖小說，都比看勵志類型的電影和書籍更有用。

Fog World 與眞實世界沒有過大的差異，瀰漫濃霧與灰燼，是淺層意識裡的負面情緒，有著較多的不確定性、疑問與未知；Otherworld 則爲更深層的意識，扭曲和陰暗面。這個世界被黑暗籠罩，只有少量燈光和破舊不堪的街道，濃霧散去了，所有事物都更爲清晰：血腥殘暴、衰敗腐壞，壓抑全被釋放成了失去理智的國度，充滿情慾與暴力，全都直視著恐懼，猶如地獄。

怪物呈現的模樣則是由人類的淺意識而反射出的，它們藉著各不相同的心理狀態，反映每個人所面對的恐懼和痛苦、邪念、慾望、愧疚及罪惡感。我感覺自己也意外擁有這樣一個臨時的地獄。

每一個字都讓接觸的人成爲了進入者，進入屬於各自的世界裡，遇上他們自己的怪物。

誰被同化；誰強烈抵抗著；與誰身處於相同世界，以相同的意識；而誰又順利的返回眞實世界，或沒返回。這個瘋狂的世界其實並不一定都是邪惡的，只是大部分進入的人使其扭曲，都落入黑暗。

我曉得這世界上有許多躲藏在角落的人和我有相同的模樣，我們一輩子都在躲藏，隱藏的秘密只有少數的人曉得；我們總是說謊，相信自己就是他人口中的怪物，在誕生時便錯誤了。錯了模樣、錯了性別，戀與愛、性與身體，全都成爲沒有答案的疑問，它們被壓抑成了瘋狂，始終渴望解放。

如果有個地方能夠暫時包容這些無法釋放的情緒、未知、扭曲及邪惡，那一定就是座美術館或是一本詩集。只有在那裡，能讓我們躲進自己建構出的世界：沒有道德與邊界，沒有審判與罪罰，沒有人類與怪物、天使或是惡魔的界線。它提供一個地方，暫時接住了尋求解脫的人。

我一直認爲，人是天性邪惡的。我們只是害怕他人的目光、害怕懲罰，透過掙扎與矛盾將生下來便伴隨自己的怪物隱藏，總不敢談論。而我們還這樣擁抱怪物不將其殺死，我想一定有許多人無法接受。但，怪物眞的必須殺死嗎？也或許能與之共存。詩該是這樣，人也是，凡事都必須學習理解與尊重；因爲害怕而抗拒，殘忍的殺害、隔絕、拒絕與劃分，則創造出傲慢，那便是另一種怪物。

愛，死了，變成怪物，進入自己的地獄。

不過按照我的說法，傲慢也不應該殺死，它也該是一種能與之共存的怪物。也許，這就是我想持續創作，持續摸索與尋找的其中一個原因吧？把全部都丟入臨時的地獄，在理智和失控間掙扎，矛盾也令人著迷。雖然，偶爾能躲進自己創造的世界，讓它暫時保存關於我的一切，但同時也感覺，它讓我陷入在更深層的情緒裡。

有一段日子，我不想再擁有任何一種不安的情緒和感受，害怕面對、不斷逃離、情和慾消退，厭惡的事物沒有了厭惡，明明應該生氣的，也沒有憤怒。但情緒和感受一直是我記憶生活的方式。沒有情緒，即使完成再多的目標，夢想清單一件一件打上勾，都還是無法用自己的雙眼看見，更無法感受；沒有情緒，就像不曾存在，再努力回想都只看見空白。

明明靠近想像中的自己了，卻仍舊望著遠處的人們，總是認爲自己還不夠好，焦慮著尚未達成的目標，從來不曾停下腳步看看自己，不斷渴望成爲更多種模樣，陷入質疑，侷限於自己設下的標準，無法脫離也無法前進；我一直都在尋找自己渴望成爲他們，渴望成爲另一種模樣的原因——是因爲他們看起來快樂嗎，還是擁有著我沒有的東西？

《歇斯底里日記》就是在這樣的情況下開始的創作。讓自己身處恐怖的世界被怪物追殺，下一秒就支離破碎，那在臨死之前，所有關於愛情與自我的疑問、未來與迷惘，所有只存在當下的感受都還重要嗎？如果不重要，還有什麼事情是最重要的？還好我擅於從恐懼的情緒裡，找出自己的答案。

在害怕感受之後，才終於理解喜怒哀樂的美好及意義，重新感受著每一種情緒，感受自己的晴朗與陰暗面，和那些我熱愛的歇斯底里、恐懼、邪惡、情慾與嫉妒、愧疚、罪惡、偏執與任性；任性一直都是我最喜歡的一種性格，由著自己的情緒，不受拘束，妄爲的展現自我以達目的。

我想，這就是我們之所以存在的意義吧，擁有情緒與感受。

給歐斯底里的我們

- Otherworld -

- Otherworld -

我想和你一起看世界上最美麗的東西

可以帶我進入你的世界嗎
從煙霧瀰漫的，在黑色的
房間伸手不見五指的
引領我去那只貪圖玩樂
沒有情與愛，沒有煩惱，沒有靈魂
只剩下疾病與肉體，金錢堆積的
我不確定你會成為什麼模樣
只要進入，這就是你走到的
最後一個地方了

你要我用手牽你，帶你進入另一個世界
可是你忘了，這裡沒有情與愛啊

這裡沒有盡頭也沒有溫柔，只有沉溺
什麼都沒有的開始，再也回不去的起點
那時候你只會想回到母親的懷抱裡
聽她撈叨，聽她唸過一遍又一遍很煩人的瑣事
你準備好了嗎，可是什麼都沒有了

同類

遇見一頭野獸
與另一頭相同的野獸
利爪刺入湖面，卻只有水花濺起
我逃跑，再遇上了似人的同類
你也遇上一頭野獸了嗎
我們都站立著，以相同姿勢
它以利爪揮舞向我
我的身體也漸出水花

我蹲在街邊撐起了傘
盯著手中的湖面
玻璃窗裡的人們凝視前方

敲擊自己的利爪，時而水花濺起
時而膽怯，遇上另一頭野獸
再殺死了一頭野獸

壓抑的猛獸

幻想爲我們建造抵禦城牆
躲避直視苦痛的雙眼
慾望湧出而無以滿足，誕生了
猛獸，以正義之姿行使邪惡
以邪惡之態，行使正義

幻想爲我們容納道德罪惡
躲避審判眞實的血腥
表裏不是虛與實得以區別
血腥的靈魂也曾厭惡血腥

怪胎

躺上汙穢的地與灰塵共存
只有它們願意接納骯髒

正因爲擁有正常
才能訴說所有皆是正常
正因爲擁有缺陷
才能渴望所有皆是正常

人類可以與怪物相愛嗎

他們說，怪物的愛
會帶來疾病
怪物只能和怪物相處
在黑夜裡行走
黑暗中親吻

愛？

愛，是一個很特別的字

愛是名詞，是動詞與形容詞

愛是不可數，屬於超現實的

愛是因爲嫉妒把你囚禁家中，不擇手段從他人手中搶走

愛是在家人飽受病痛折磨，你偷偷將管子拔起；愛是責罵孩子徹夜未歸

愛是偷情與哭鬧；愛是爲了將你的肉體保存，一輩子占爲己有

愛是醜陋與畸形、病態與不營養；愛是壓迫；愛是不等於善良的

在我們離去那一刻，在我們闔上眼的那一刻，終其一生都在追求而得不到的

如夢似幻、遙不可及、從來不曾明白的，那就是愛

ve is a very special word

ve is a noun, a verb, and an adjective

ve is uncountable,

longing to the realm of the sacred

ve is imprisoning you out of jealousy, resorting

means to snatch you away from other; Love

tly pulling the plug as your family suffers from i

ve is scolding your child for staying out all night

ve is adultery and tantrums; Love is preserving

y to claim it as one own for a lifetime;

ve is ugly and deformed, pathological and malnou

ve is oppression, Love is not synonymous with ki

the moment of our departure, at the moment

e our eyes, throughout our live is it what

pursue but never attain illusory, unattainabl

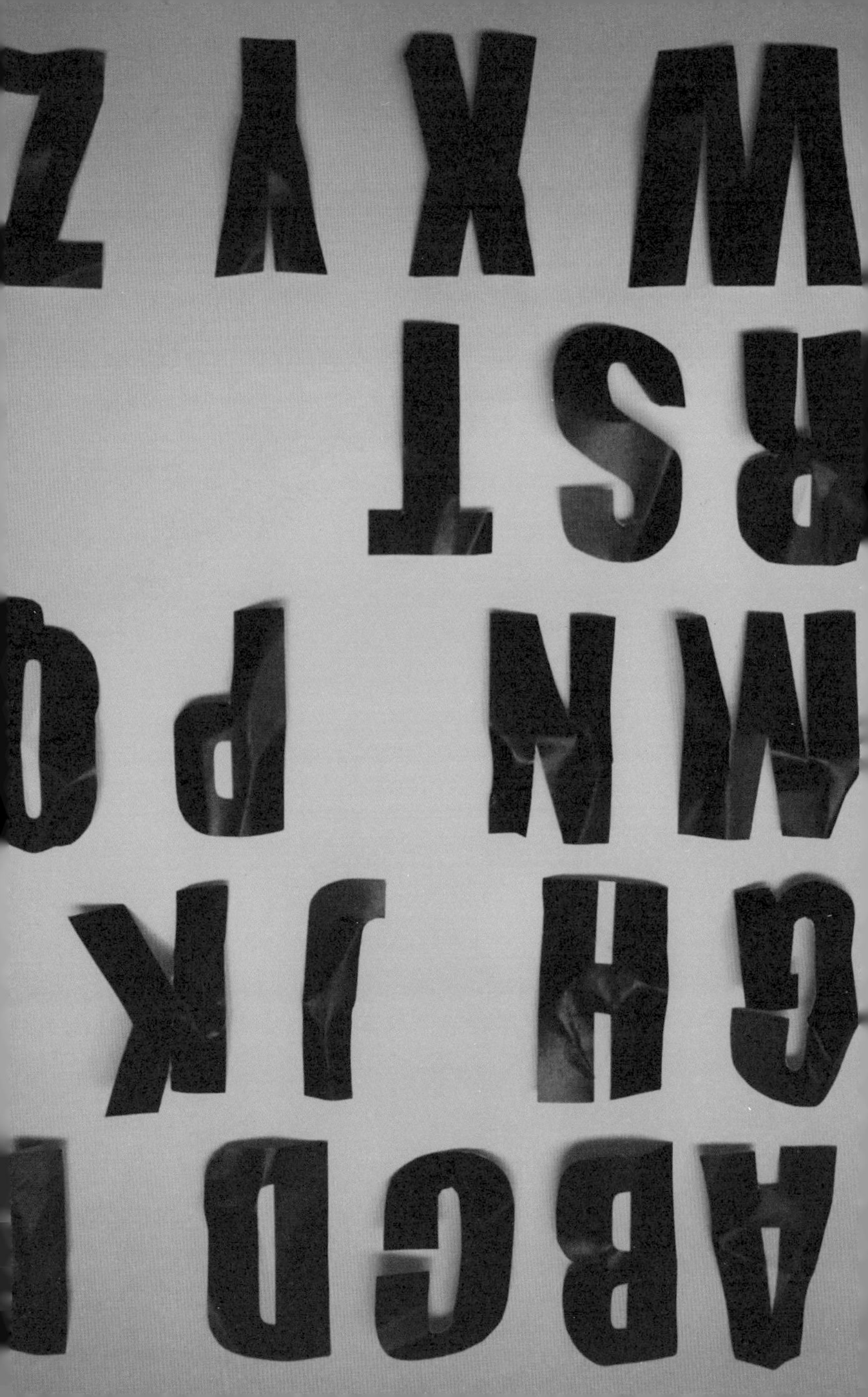

愛是這個世界上最美麗的東西

你出門前，我躺在床上
擔心你被人綁架
害怕你被可怕的人抓走
他們覬覦你美麗的肉體
把你一片片割下
再送到我的面前

看見你毀壞的面孔
腦裡想的，都是可怕的事情
我害怕它們會在你的身上發生
你出門後我才開口，自言和自語
：「今天就待在家裡陪我。」

那你今天，就會死了嗎？

不理你了，也不想和你對望
如果現在有殭屍或恐怖的異形
我要看著你被它們殺掉
像草莓蛋糕，一塊一塊的吃下

二十八秒愛情毀滅倒數

閉上眼睛，數二十八秒
幻想我們在一間美式商場裡
大門突然緊閉還有一聲槍響
有人大喊，鮮血立刻湧出
你將籃子裡的蛋糕擺了回去
抓起我的手，我們對望
往安全的地方前進

二十八秒到了。你問我在想什麼，都沒有說話
我說，如果現在突然有人尖叫，發生可怕的事情
有死亡與恐懼，你會帶著我跑到安全的地方嗎？
讓我站在你的身後，你舉著一把槍
把即將出現的怪物通通殺死

你看著我，不要我想著奇怪的事情
切下一塊剛買的蛋糕，放進我的嘴裡
我看了看手錶，打算重數二十八秒
讓超市的大門重新緊閉。槍響，鮮血湧出

愛比瘋狂強烈

每一個清晨
我們等待重複的
陽光灑下，坐在窗邊
和同一罐啤酒對視
凝視對方的眼神
想找尋瘋狂
後來我們找到了愛
那比瘋狂強烈

關於愛的病毒

愛爲什麼使人病重
因爲碰觸了你和慾望
皮膚紅癢，器官也潰爛
想占有你的肌膚，肉體
把我們縫合在一起

愛爲什麼使人瘋狂
愛才是惡魔，愛才是扭曲
愛是爲了能讓我們的所作所爲
看起來不那麼邪惡而創造出的說詞

愛是異形

我需要有一個人愛我，在我將身體，在床上
全贈予時。他撫摸我的雙腿，親吻我
而不只是爲了性與慾望。你可以碰觸我的陰莖
碰觸我的陰唇，碰觸我的乳房與奶頭，在身體裡噴射
而這一切全都只因爲我曉得，我是這世界上唯一
能讓你這麼做的人。是你讓我曉得
我所擁有最大的價值一定遠超過肉體
但它們全都開始邪惡，我們霸占更多彼此
在彼此的身體裡長出另一個人

成可怕的殭屍

個美滿的家庭

老或是病死

渴望肉體

嘴裡

如果你感染病毒，

我還是要和你共建

被你腐爛的身體捕

無論健康與疾病，

就算體内的病毒讓

我願意。

將自己放進你撕裂

被你吃下

讓我爲你寫一本恐怖小說

害怕電影對白的句尾出現「……」
總感覺，可怕的事情即將發生……

我愛你……
我想念你……
明天……

還沒說出的，腦中卻先幻想
恐怖電影裡的殺人魔
是不是即將出現
或是災難電影情節
下一秒，我們就被炸掉

沉船，掉入海裡
被龍捲風捲起
四分五裂
在幸福來臨之前
就灰飛煙滅……
……

你說下輩子如果我還記得你，我們死也要在一起

用一條繩子
把我們捆綁在一起
不吃飯也不喝水
等待身體腐壞
變成兩具屍體

等有誰發現了
會曉得我們在死前
是這樣一直牽著彼此
十天，或是幾十年
沒有手汗，也沒有其他人
能再牽起我們，除了法醫
那比活著的愛情浪漫

拍一部情色電影

在房裡擺一面
又寬又大的鏡子
我們坐在鏡前
把買 A 片的錢省下

你是情色
電影裡的主角
我也是

文學性

你興奮的時候
有十六公分
大概是一把尺的長度
我抓起它量自己的手掌
和床頭櫃上擺的好幾本書
愛倫坡，裸體午餐
你和它們擁有同樣尺寸
你將它放了進來
我突然感覺自己
理解文學

我看見兩條野狗在街上交配

公狗看著我們
奮力衝撞著，母狗呻吟
我們在牠們的面前坐下
你說，下輩子投胎
一起當條狗吧
這樣就不需要花錢
總在旅館
開破舊的房間

愛情來了

把你的褲子脫下
我握著你
像我們彼此牽著
一邊搖晃
一邊跳躍

你低頭看我
我感覺到愛情

愛情出來了
我用嘴巴接住

愛是這個世界上最醜陋的東西

偷翻你放在門前的垃圾
還是沒有分類，也沒有倒出廚餘
有一瓶草莓牛奶與泡芙
發出臭味的湯汁
我送你的奇怪玩具
和上個月你去東京的機票

你看見淺草了嗎？
我們說好要一起穿上和服
在那裡牽彼此的手
沒有人注視

我所有的器官都是爲了愛你

打開我的嘴巴
放入你的舌頭與手指
打開我的雙腿
放入你的器官與其他東西
打開我的腦袋，放入耳屎與氣味
打開你家的衣櫃，放入我的衣服
打開你家的房門看見你和他
我走了進去

我變成異形，嘴角撕裂
我的口水流在了你站立的器官上
唾液融解你將它肢解分離

瘋狂流出，精與血混雜
它們被紙巾擦拭
在上面著床
變成我們

我親吻你像同時親吻了他們

把嘴靠在我的唇上
我就能感覺那些
你曾經也親吻過的唇

你的吻嚐起來像菸
有他身體的味道
過大的乳房，黑色的頭髮
你舔過她的食指，耳上的
金色耳環，眉毛與腳趾

Joanne

初吻

第一次你觸碰我的唇
是剛吃完一塊蛋糕
我嘴上沾的糖霜

後來的每一種親吻
我都在尋找那一次
你拿紙將它抹去

旅行的意義

還留著你
在我的身體裡
擔心每一次走入浴室
會不小心將你洗去

買了兩張機票
讓你陪著我去旅行
到紐約和日本
在日租套房裡洗澡
把你沖掉
沖在我們說好
要一起來的地方

沒有人會像我這樣愛你了

我在等一位能與我
共同毀滅的人
我們擁抱彼此的病態
看彼此最醜陋的部分
骯髒的手指與腳掌
起床時聞你嘴裡發出的臭味
沒有刷牙，我們就互相親吻

靠在胸前聽你的心跳
看著你的內褲隆起
和你的疾病擁抱，恐懼
你的瘋狂與歇斯底里

病態，畸形與不營養
我要你的偏執，我要你邪惡

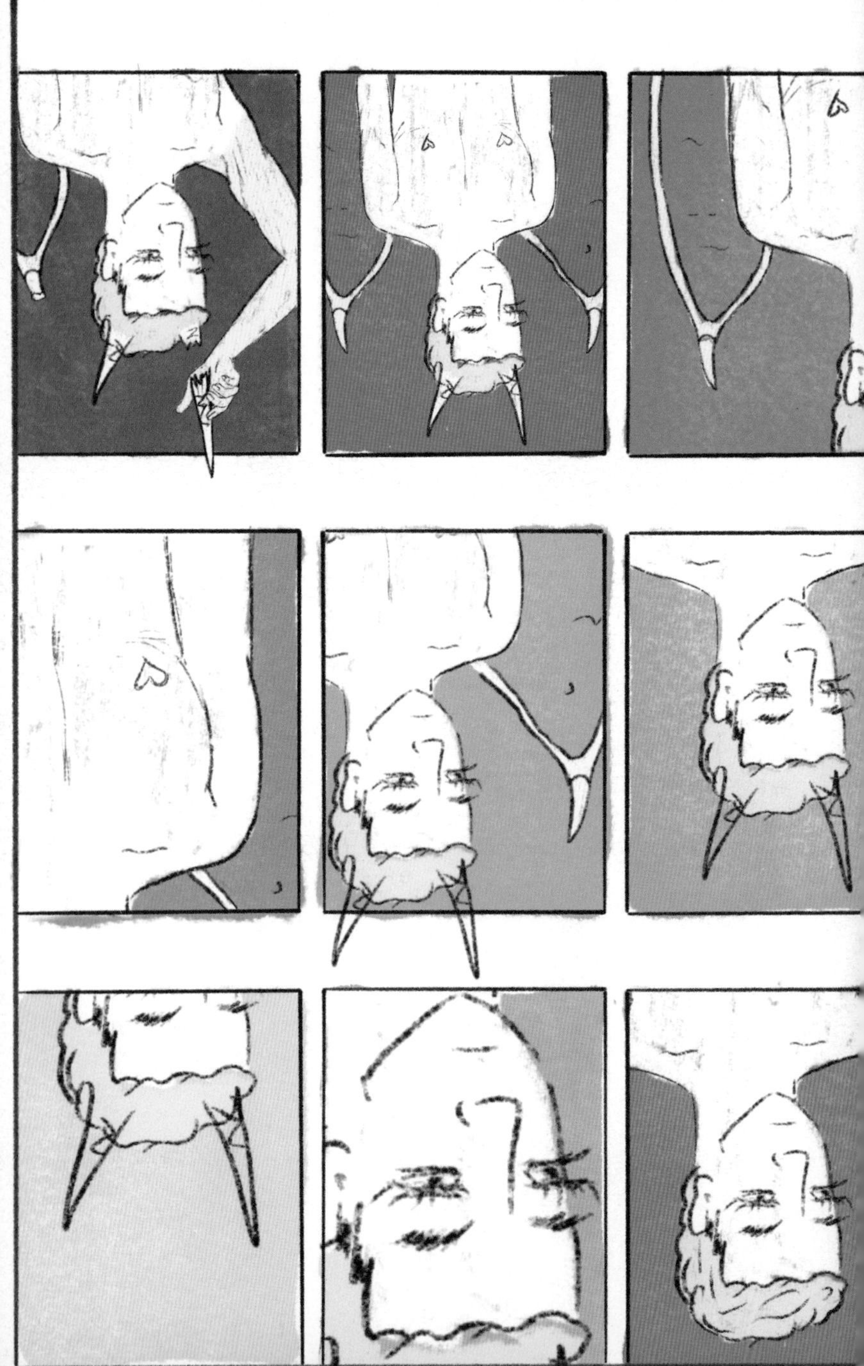

"I crave your fear, bloody,

Disease, and all that's ugly.

I yearn for your madness, hysteria,

Sickness, deformity, and insanity.

I covet your paranoia,

I hunger for your evil."

等你不愛我了，我買一棟房子給你

等你不愛我了
我買一棟房子給你
你和他就待在裡面
讓我幫你們打掃房子
鋪你和他一起睡過的床
幫你們洗衣與做飯

等你和他分手了
不想再看見關於他的一切
我就幫你把他隱藏
從你的世界消失

等你遇見下一個喜歡的人
我會再買一棟房子給你
我可以只是坐在旁邊看著嗎
你們躺在床上的時候，或是
讓我在隔壁房間聽你們喘氣的聲音
如果你願意的話，這是我能給你的
最美麗的愛情

你相信鬼魂嗎

你在浴室洗澡
我在一旁看著
你睡著時
也待在你的身旁
擔心你著涼
就將你緊緊壓住

你在床上
開始一段新戀情
我也和你們一起躺著
聽你們歡呼吶喊
聽你說你會愛他
直到死去

你可以抱我嗎

有一天你老了
等你再也走不動了
我要每天陪著你
在醫院裡面
病床和輪椅旁
找一個人，坐在他的身上
在他的身體上扭動
那樣你就會想起自己
也曾經這樣抱我

我想和你一起老去

有一天我們喜歡的偶像，死了
一起唱過的歌再也唱不了了
最喜歡的電影重新翻拍過一遍
食物，也終於嚥不下任何一口
以為能和你廝守終身的人
所有美麗的回憶都離我們遠去
那，我們就一起手牽手，躺著

至少，還能感覺那一天
我們都還年輕貌美的那一天
曾經躺在這裡，親吻彼此

我們的愛情故事

你是太燦爛的煙花
在我的體內綻放
我們數著一秒
兩秒，三秒鐘
在新年來臨的那一刻
什麼也都沒了
。

我寫了一個關於你的故事

故事裡，你在最開始的時候
已經死了。只用了幾秒
就把你的故事寫完

我沒有出現
也沒有在那張床上
和你做愛，你也沒有
再愛上別人

打視訊電話給你的男朋友

今年的萬聖派對
我們一起扮成
搶走了你男朋友的
那位女孩
我們在臉上點一顆痣
戴上假髮嘲笑彼此
再打視訊電話
和他說
萬聖節快樂

牆壁長出了肉，變成一個嘴巴和洞口

牆壁長出了肉
變成一個嘴巴和洞口
我把它放了進去，在我的房間裡
總是發生許多奇怪的事情
明天它們還會有手和腳嗎
會把我纏在牆上
撫摸我的身體與思想

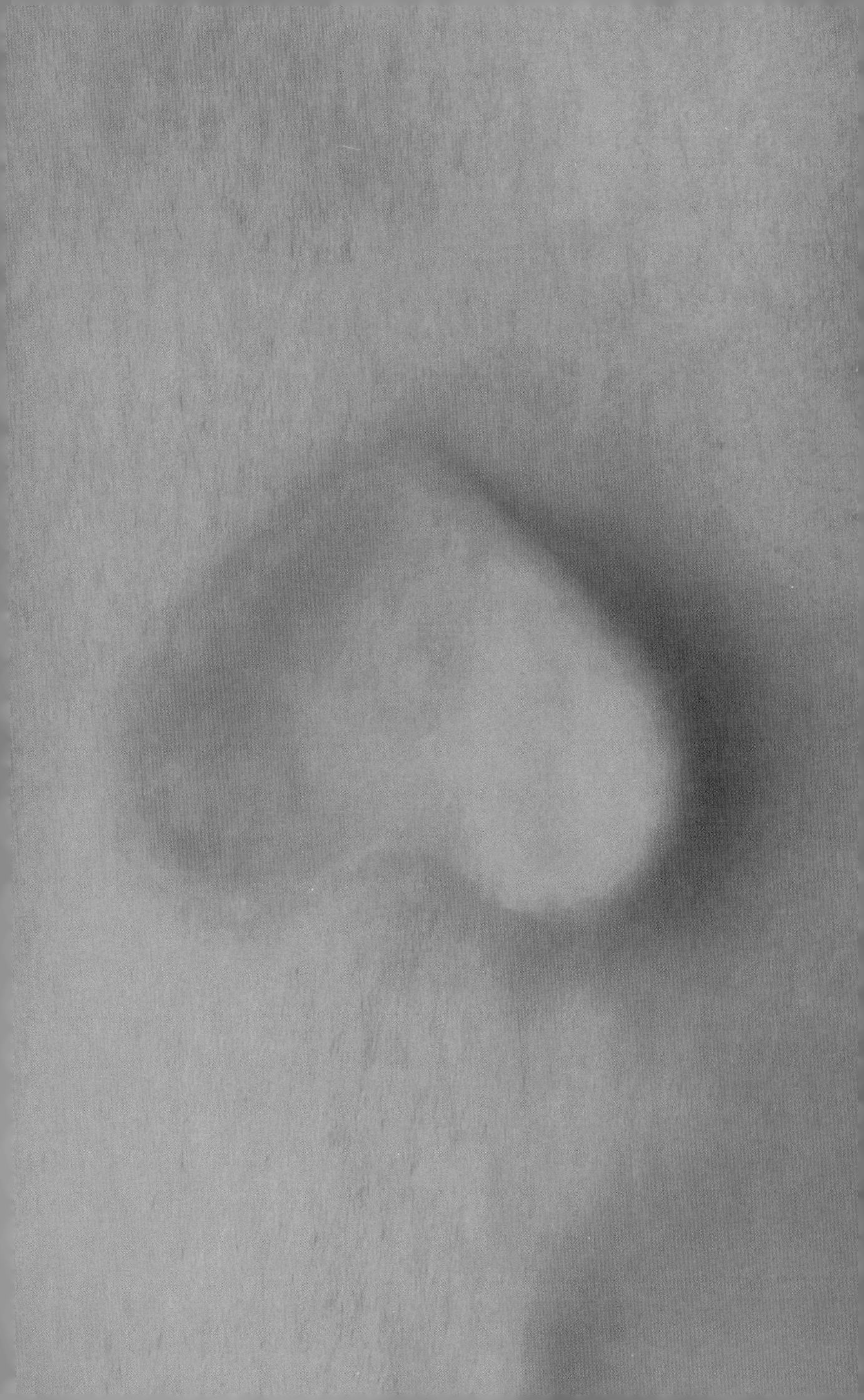

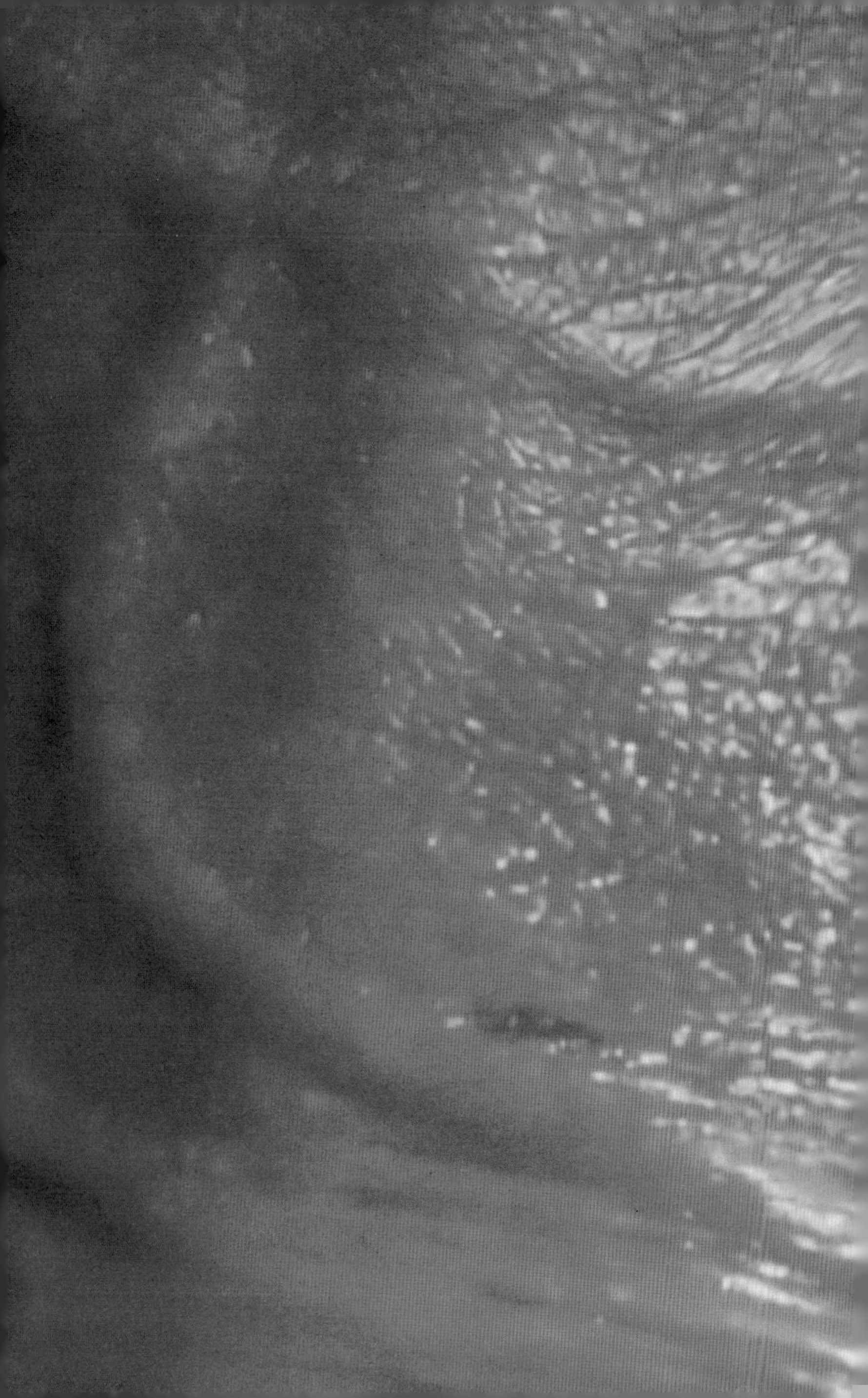

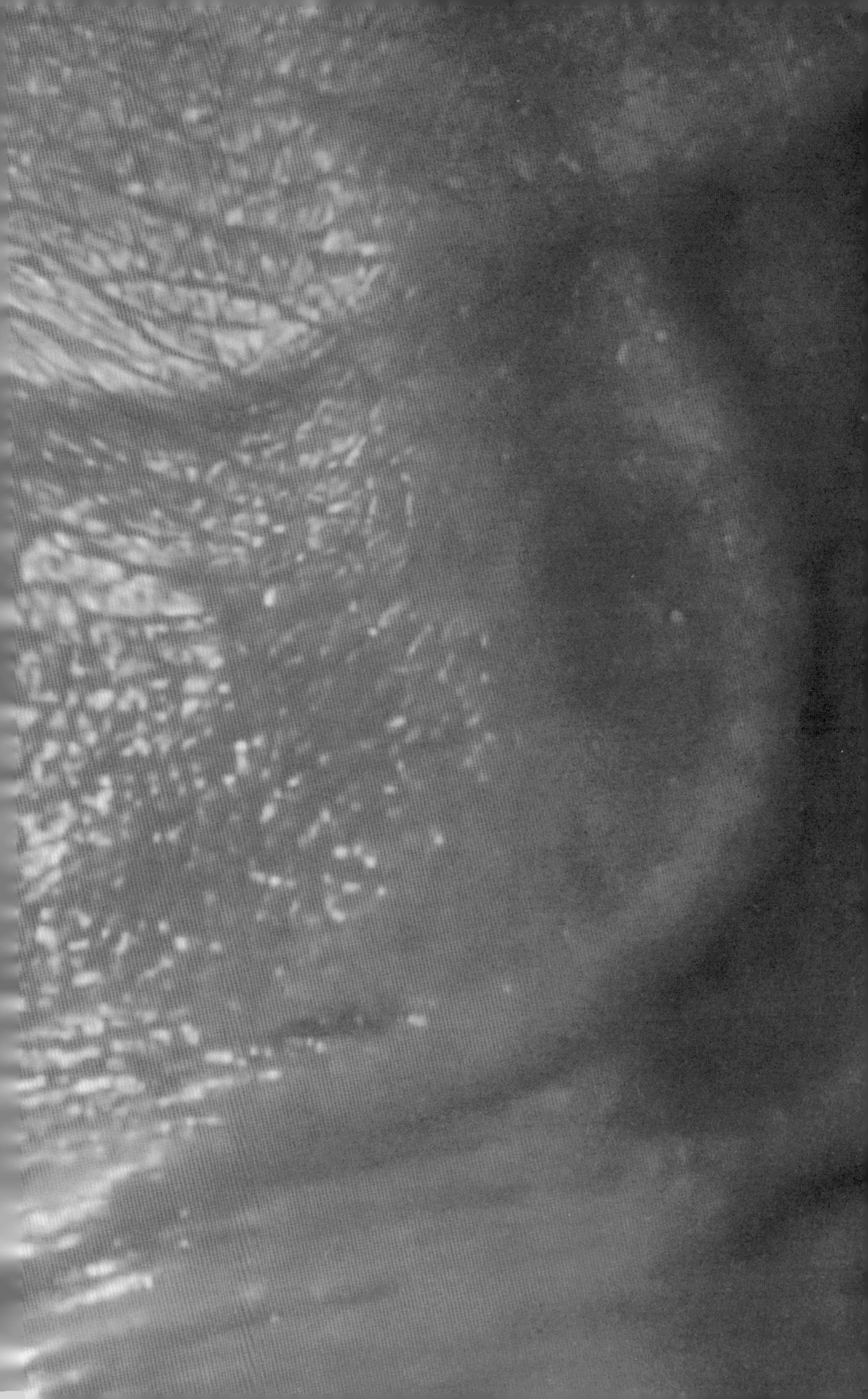

危險性行爲

死神來了
祂站在我的面前
我牽起祂的手
親吻祂
和祂說我愛你
再把褲子脫下

不要，不要那麼快
就跑來找我

社會性死亡

把自己的肉體暴露
在憤怒與絕望時
常想放棄，在放棄之前
拋下自己渴望解放

那是一種全新的死法
某一個人格的死亡
在放棄之前滿足自己
永遠無法成眞的願望
向世界吶喊，渴望眞實與自我
向世界噴射自己的液體
在巨蛋和百貨廣場全球直播
不在黑暗中牽手了，只在太陽下親吻
把壓抑的我們一次湧出

恥辱與羞恥癖

羞辱我吧。從我的腳底，第一根腳趾
表情，器官，與身材
再繼續罵我吧，將我的模樣截圖全部傳送
掌握我的淫蕩與恥辱，瓦解
我的人格，自我，踐踏我的傲慢
把脫下的衣服都以火燃燒
重生爲全新的軀體
沒有邪念了。慾望，淫慾與痛苦
也聚集更多一些的眼神吧
讓他們嘲笑這樣自以爲是的奴隸
我要開始愛你，就只屬於你
讓你感受權力與地位

殺手在殺戮前也曾掙扎

切開，將木桌上的陶土分割
放下手中的刀，爲什麼渴望血腥
血腥不過是一種手段，將思想
以更能感受的方式傳遞
像收藏可愛的玩偶
從紙上割下的美麗圖片
血腥好像不那麼血腥了

殺手在殺戮前其實也曾掙扎
把邪惡的東西都變成了他
便已是懲罰。讓他感覺這輩子
都與大多數的人遙遠
那懲罰，還會再降臨嗎

嗜血的人是否渴望嗜血

邪惡的犄角，培根的畫作
三聯畫是清醒、入睡
與無止盡的忙碌

嗜血的人是否渴望嗜血
嗜血前，一定也曾懺悔
是血，將自己變成了惡魔
是道德與規範
是原自體內的本性
還是迎面前來的惡與虛僞

樂園

・飛車

所謂樂園，有兩個你
並肩坐著。赤裸，雙腿微開
後面是無數個複製出的你
我坐上去，安全帶是你
環抱我的雙手

飛車衝向雲端
我們跟著軌道擺動
不時前後搖晃
停下，我從座位起身

然後看著我又走向你

・自由落體

綁住我，雙腳高舉過頭
手從背後捆綁
唯一正對你的地方
緩緩下降

你躺著
所有的眼神注視和嘶吼
就這樣看著我們，重複上升下降
進入我的體內，離去，再降下

・鬼屋

／第一個房間

你呈現大字型
緊貼全白的牆面
我從外面看你
他們一個接著一個
向你走了過去
你的腳底手掌扭曲，不斷掙扎
但這一刻，你屬於他們

／第二個房間

牆上有好多洞口

洞口前站著男孩與女孩
用一片大型木板隔開
我的任務是從裡面找到你
用嘴巴和舌尖，我脫下褲子
你也是，用體溫去感覺
我尋找你的過程
在網路上直播

餐桌

我們將自己放上餐桌，烹煮慾望
解開褲頭，在白色瓷盤上
流下自己白色的液體
女人並排，露出渾圓胸部
像塗上奶油的麵包
飢渴的人到了

他們坐下
椅子，是赤裸的男女呈半蹲式
他們起立
舉杯，把慾望飲入，坐下也高潮
他們將眼前的食物丟棄

沉迷慾望卻也鄙視著
嘲笑低俗的肉體
這樣被人品嚐

新的信仰

創造一個全新的信仰
沒有羞恥，性
是最高貴的慾望
沒有人繼續隱藏
裸露是勇敢和美德
裸露是說出眞相

當著裝與服飾
都成爲恥辱淫褻
沒有人善於隱藏
裸露便成爲
最眞實的政治

有一次我和你聊到世界末日

沒有人繼續前進
我們把腳步停下
可能只剩瘋狂與做愛
漂亮和醜陋的事情
都同時發生

肉體碰觸肉體
沒有隔閡，沒有我和你
沒有男人與女人的區別
體溫與液體，我們都不煩惱了
我們在這一刻都終於曉得自己
活著的意義可能只是吃喝與玩樂

躺在自己的床上和永無止盡的性
有人閱讀，有人繼續蹉跎
沒有人因爲裹足不前而焦慮
頹廢與墮落都有了理由
原來末日是這種美麗的模樣

- Fog World -

- Fog World -

Size: S
Milano Olsen

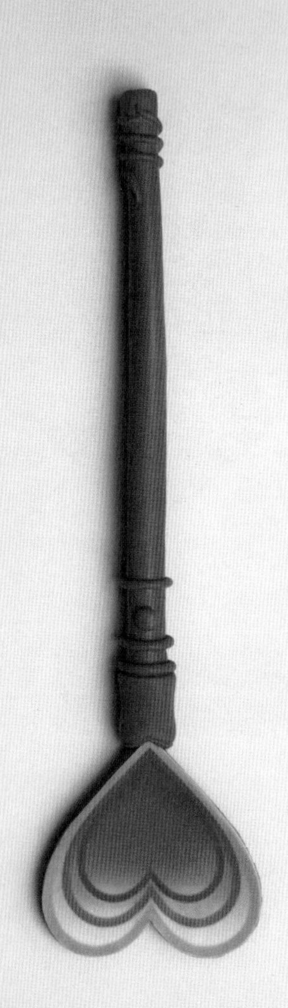

我想和你一起看世界上最可怕的東西

是你告訴我，世界是很可怕的
是你告訴我，要對人保持警覺
一不小心就會跌入恐怖的陷阱

但是我看見的世界，是很美好的啊
我看見人們微笑，我看見他們微笑
一定就只是微笑吧？只是單純
發現了很簡單與很平凡的快樂
他們背後沒有舉著一把刀，他們沒有

痛苦不會換來快樂，而快樂卻總是換來痛苦

曾經以為自己是快樂的
像睡著那樣醒著，沒有思考
是活著最愉快的事情
我的眼前，只是專注著自己
尋找繼續活下去的基本能力
我以為我病了，但我沒有
我只是看到好多人
那些好像是眞正有病的人
他們與我有相同的東西
誤以為他們都正在看我
生病的人才能看見生病的人

生病的人看起來
好像是眞的比較接近死亡
他們說的，你也終於開始腐壞了嗎
你的快樂持續了多久
那些可怕的東西就持續多久
痛苦不會換來快樂
而快樂卻總是換來痛苦

我的身體想成爲你的身體

高潮結束了，我拿出手機
打開十分鐘前與你的對話
才剛曉得你的地址，就躺在你的身旁
看著你的身體，肌肉隆起
線條像我在筆記本上
畫出最完美的模樣

爲什麼世界有這樣多的不同，卻互相吸引
是因爲我們擁有彼此都缺少的東西嗎
還是憤怒自己身體沒有長出的
我少了兇猛，而你渴望溫柔

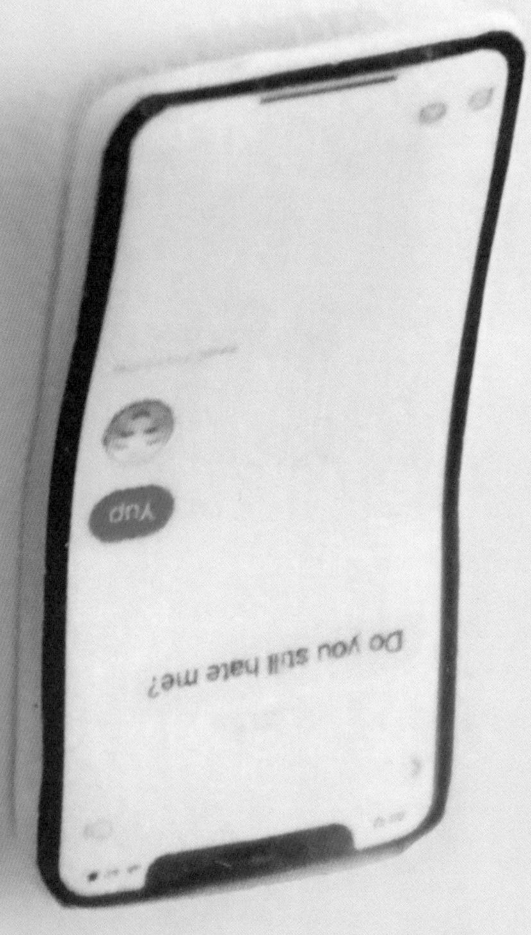
Do you still hate me?
Yup

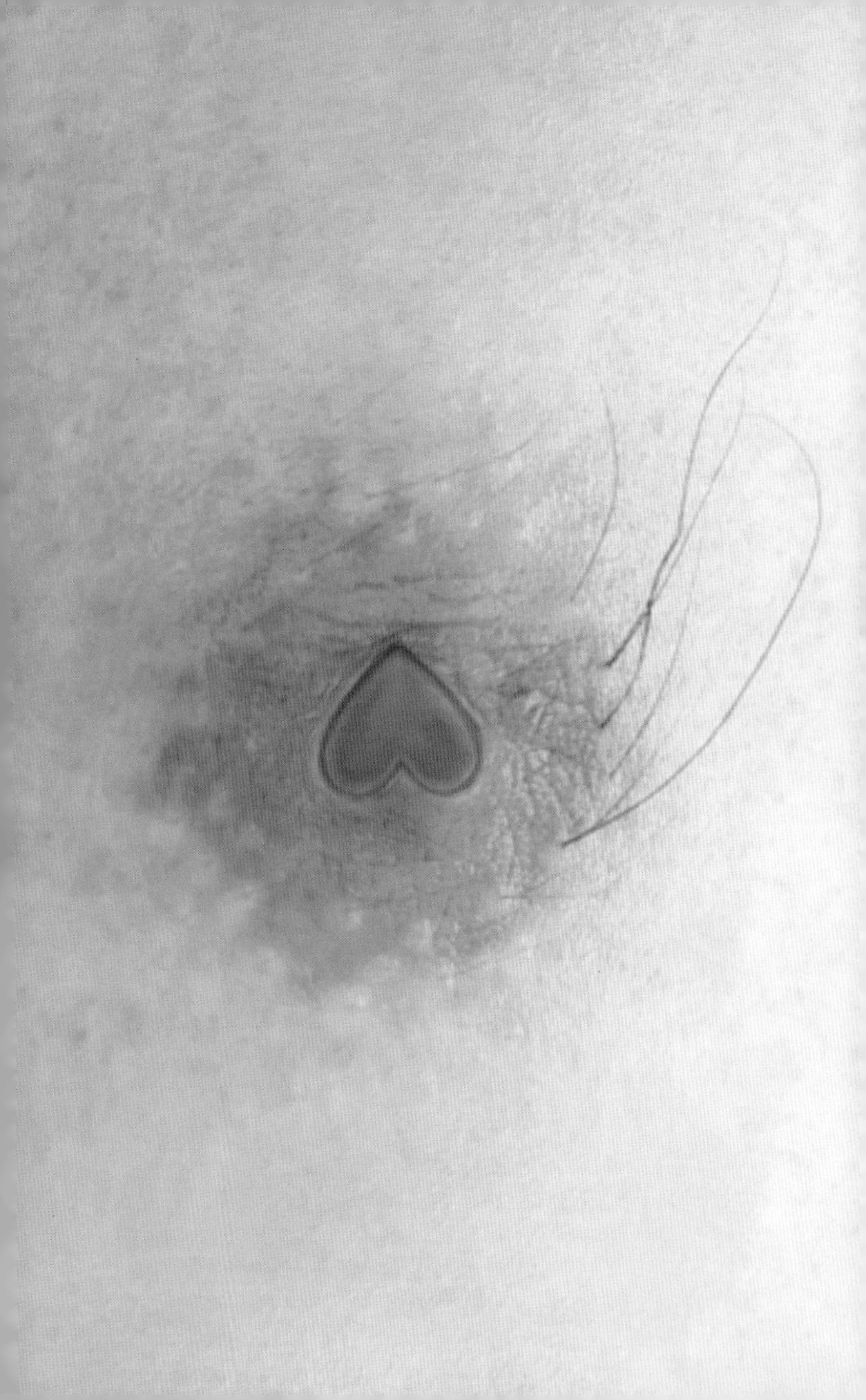

躺在我的胸口會痛嗎

我看著妳的臉，猜測妳臉上的表情
像妳每一次猜我。我告訴妳
這是我第一次成爲捕魚的人
以前，我都是被捕獲的魚
有時候只冒出泡泡，或被一隻手抓住

但是妳會痛嗎，躺在我的胸口
我沒有問妳的姓與名，妳也是
只是想理解捕獲一條魚的感受

妳

我什麼時候才能變成妳呢
雖然妳和我說，變成妳
也只是另一種痛苦
妳是很痛的，你也是
那妳也想過
變成我嗎
還是他
他們

我沒有成爲你喜歡的模樣

我的身體裡
有兩個不同的我
一個我想要你
一個我只想與你分離

我和鏡子裡的自己揮手
他們伸出彼此，互相握住
一個往前，總在衝動
一個思考，總在後悔

我舉起一把刀
放入自己的身體

在喊痛之前把刀拔出
爲自己包紮

昨天的我死亡了
今天從床上醒來

眞希望你能看見我眼中的你

你又跑來找我
總在深夜，我睡著之前
我盯著你的臉，好像和以前不太一樣了
你留黑色的頭髮，穿運動短褲和白襪子
你說這樣比較容易被人喜歡
我拿給你看手機裡
你以前的照片
我喜歡那時候的你

倒一杯水，水裡有你的倒影
你把臉撇過了去，又說要走
但每一次你跑來找我，都只是要我

形容你現在的模樣
因爲你照了鏡子卻看不見
鏡中的自己

你走進浴室把水打開
脫下衣服，等水流出
在地上形成一面全新的鏡子
以爲你又想誘惑我進入
你的身體。我害怕你不斷改變
再變成了全新的模樣
才找到出口，又已經不想前進

你把衣服穿上
氣我沒有勇氣再進入你
氣我明明也渴望
被更多人喜歡

我想要學習如何去愛你

吃完的食物裝進垃圾桶
倒出沒喝完的飲料
將所有垃圾分類
不讓它們發出難聞氣味
怕引來蚊蟲叮咬你
讓你在床上尖叫

明天，把不勇敢的自己
用枕頭悶死
在他還沒醒來之前
就讓他窒息
後天再把懶惰的我

也和昨天的垃圾一起丟掉

我要成為所有我崇拜的人
我要和他們一樣，變得優秀
做好事總是記得保持低調
犯錯了，學習真誠的道歉
能選擇善良時，便選擇善良
就算有一天你不要我了
你也只會記得，從今以後
沒有人能比我更好
還這樣愛你了

我的每一天都在厭惡與我相處的自己

我的每一天，都在模仿
與你相處的自己
我看著照片裡的他
感覺也曾擁有過
那麼幾次微笑與快樂

我的每一天，都在厭惡
與我相處的自己
我擺出與他相同的姿勢
用模仿和嫉妒，卻只像了一半
另一半是憤怒與絕望

下輩子再讓你喜歡我

我決定下輩子
再變成你
喜歡的那種女孩
會撒嬌和尖叫
或是下輩子再變成
會在大街上牽著你的手
有厚實肩膀和笑容的
那種男孩

有時候我光是微笑
都看來像在假裝
想著爲什麼
有些人有我們這輩子
都無法成爲的那種
看似簡單卻
怎麼也捏不成形的模樣

讓我爲你寫一本童話故事

公主遇見了王子
擁有能夠想像的結局
故事裡有你和妳
但是我的呢
有沒有一本新的童話
說出我也能夠想像的結局

結局裡王子與王子
公主或是公主
公主變成王子或是
王子變成了公主
卻也還是愛著王子

他們的結局呢
也仍然幸福美滿嗎

Horror Story

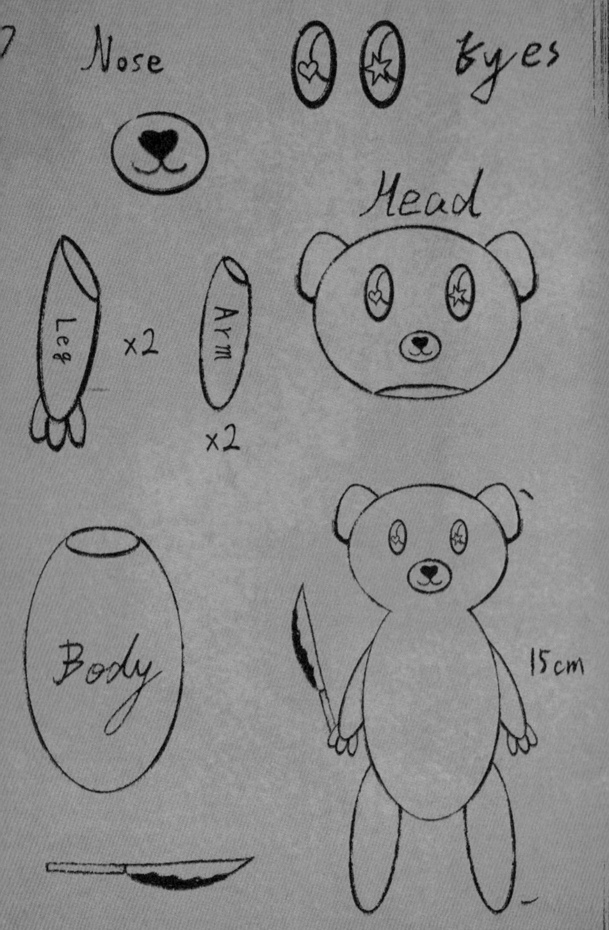
Nose
Eyes
Head
Leg
x2
Arm
x2
Body
15cm

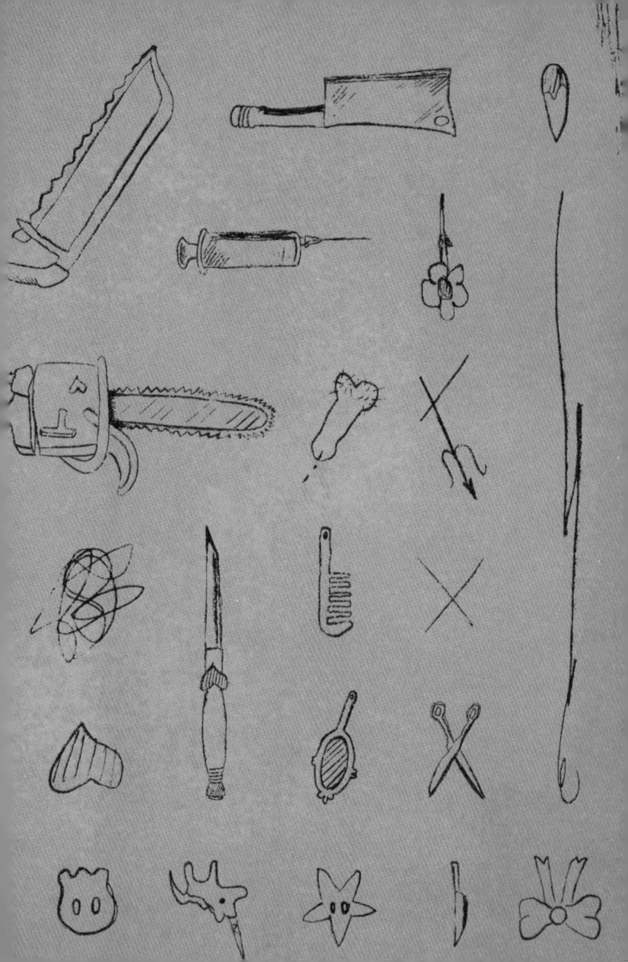

歇斯底里

害怕你看見我歇斯底里的模樣
從你的完美世界墜落
多了一點瘋狂，不再美麗

擔心你不敢愛我了
因爲我爲渺小的事情尖叫
哭了，十分鐘後
又開始微笑

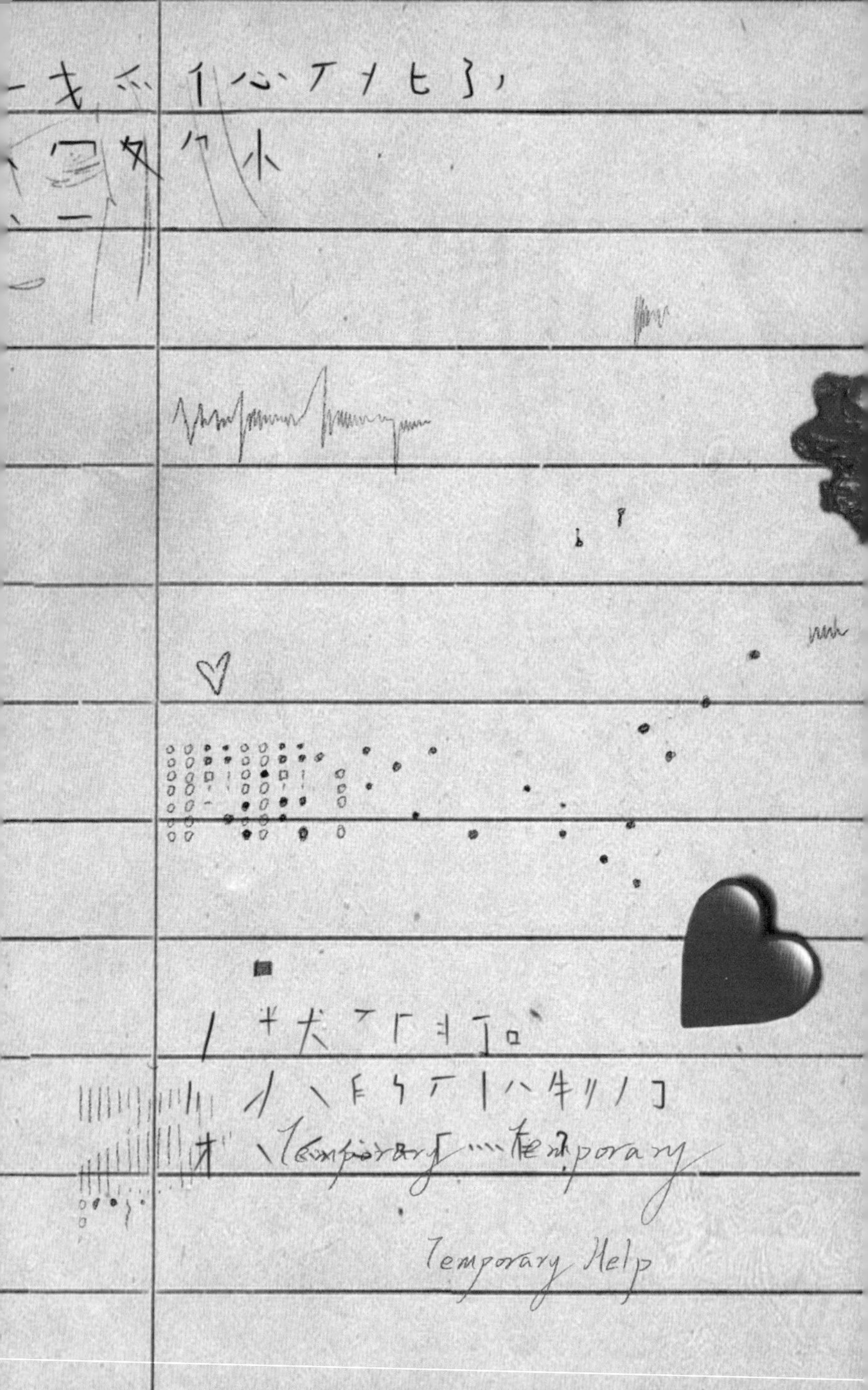
Temporary ... Temporary
Temporary Help

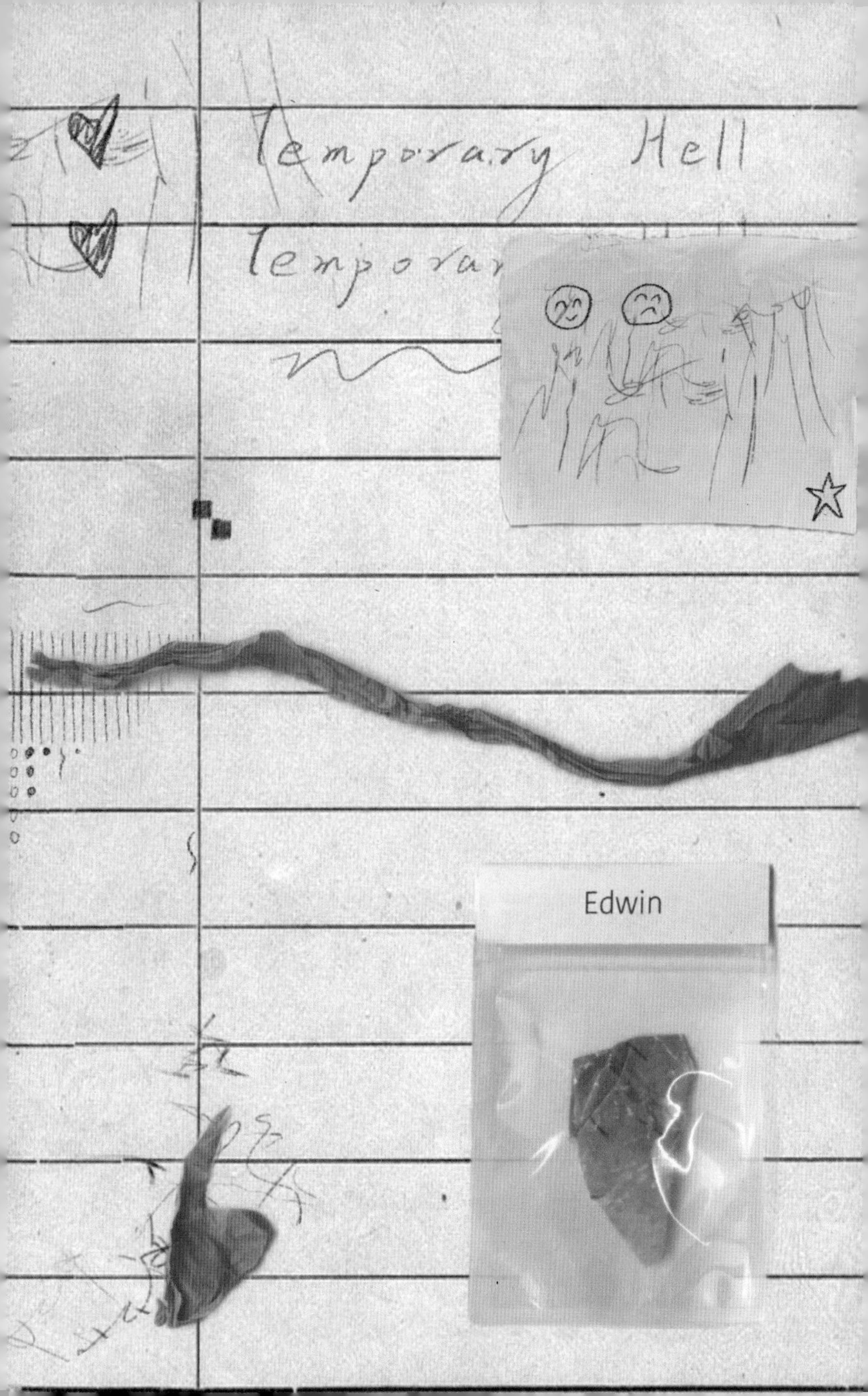

Temporary Hell
Temporar
Edwin

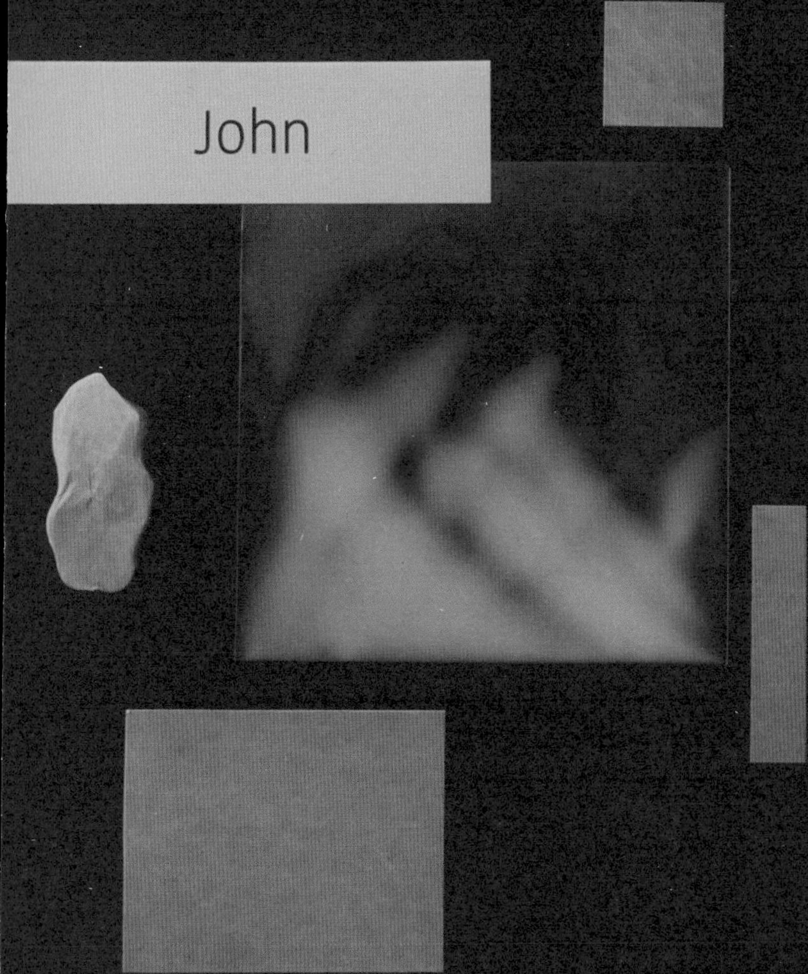
John

我和你的皮膚一起去旅行了

沿路上，

好多人都正在死去

我沒有拯救他們，

他們也沒有

向我求救

他們不想要我的皮、手、

或舌。

th your

he way,

e were

't save

d they

elp. They

my skin,

or

Milano Olsen

I travele
skin. Alo
many pe
dying. I
them, no
ask me f
didn't wa
hands, fe
tongue.

我不想變成怪物

現在的我是不是你喜歡的模樣了
我買了好多書，花時間把它們讀完
只要稍微放鬆下來，我就感覺自己
把時間都浪費在了枕頭與沙發上
你要我少說一點話，多一點思考
挺起胸膛，脫下柔弱的裝扮
不扭動自己的身體，不像個女孩
學習胯下有巨物般的方式走路
笑的時候不用手摀住嘴巴
就像個男人，張開嘴
也露出牙齒自信微笑

我在下巴抹上生薑，沒長出鬍子
但皮膚已經開始變得粗糙

在我身體最害羞的部位上刺青

等我全身僵硬
死在病房床上或自己的房間
不曉得最後看見我的人
會不會也像我一樣，充滿好奇和疑問
他會將我的褲子脫下偷看我嗎
像其他人也總是檢查我
與他們是否不同

如果眞的有那一天
好像眞的有那一天
那我現在要開始準備
留更好看的頭髮
吃更多食物，長更好看的肉
然後在最私密的部位刺青
和他說，我知道你在偷看

你可以一直只活得像貓嗎
像我朋友養的那隻貓一樣
想起我了，就走到我的面前
舔一舔，再轉身離去

你可以像我朋友養的那隻貓一樣不要理我嗎

清理自己的毛髮，不要試圖討好
想你的時候不要出現，就一直忽視我
不要和我說太多關於你的故事
也不要太快閱讀我傳給你的訊息
我不要看見你吃飯，衣服上的髒汙
不要你用熾熱眼神看我
不要你的崇拜與愛慕

從來沒有人告訴我，原來完美是愛情
最致命的詛咒。生命也是
對萬物抱有錯誤幻想
以爲世界是眞的
擁有著完美

是什麼開始讓我感到恐懼
是你走向我，臉變成了生活
生活有太多擁抱和溫度
藏太多氣味

被喜歡的勇氣

你看見我了嗎
不確定在你眼裡我是什麼模樣
你看見了哪一個模樣的我
是我想讓你看見的
還是沒讓你看見的

想借用你的雙眼，遇見你眼中的我
他有和你說出自己眞實的樣貌嗎
仍笑著嗎，擁有眞正的愉悅
如果你只看見天使
如何能曉得魔鬼

我應該是更適合獨自生長的植物吧
享受綻放時被短暫欣賞
衰敗了，獨自枯萎
沒有人能夠栽種
長出彼此

下輩子我想成爲一個女人

小時候媽媽看見我盯著卡通裡的美少女
戰士勇敢戰勝了惡魔。她開心的炫耀
和他爸爸一樣，喜歡穿短裙的女人

她不懂。那只是渴望成爲
他們，才是性慾與肉體，沒有渴望
我凝視她們的雙眼，凝視身體與肌膚
把溫柔和微笑給了她們
把這輩子沒有的都給予
像是自己，也擁有了

下輩子我想成爲一個男人

一百八十公分
喜歡籃球與跑車
娶一個老婆，生一個男孩
教他強壯，教他高大
教他成爲一個
眞正的男人

把花當成進入你身體裡的那張入場券

我不要變成你喜歡的模樣
我不要變成假扮和戴上面具的人
在所有人面前矜持，假裝純眞
用溫柔包裝著虛僞，假扮善良
把文字變成僞裝的工具
把花，當成進入你
身體裡的那張入場券

我把詩當成黃色小說
每一個字都變成形容你
很猥褻的東西
狠狠插入了

所有人的體內

爲自己取一個名字

我有父親的眼神和母親的唇
他們以期許給了我姓與名
我將它撕下，取名爲東京
巴黎，台北或是紐約
我活在自己創造的人生
選擇自己全新的模樣
染全新的髮色
染全新的性別

我在倫敦
我在米蘭
我在我

自己的城市

咦？怎麼這世界每個人都愛自己，不愛別人

自拍發明前，我們關注環境
關注事件，關注戰爭與政治
我們提倡關注自我

自拍出現後，我們關注自己
我們批評，我們看見太多自己
咦？怎麼這世界每個人
都愛自己，不愛別人

乳房露出的溝

不要告訴我
不要試圖與我對話
你理想的模樣早已成爲了厭
男性不該陽剛，女性不該陰柔
歧視粉紅與迷你裙
乳房，露出的溝

不要試圖告訴我
誰不該陽剛，誰又不該選擇陰柔
不要因爲憎恨夏日而開始冰冷
我不是生來活成你
想像的模樣

公廁裡的少年

走進老舊公園
入口像一個時光隧道
將我們又推向曾經的少年
公共廁所按下排水鈕
想起這裡曾經的洞口
洞口是另一個時光隧道
我們詢問年紀，較勁尺寸
領自己的號碼牌
等待全新的便斗
進入，排出
年少總是彼此連接

我們也曾一起摸索
另一種身體
和每一個年少的自己告別
都懶散較勁，都不分了
就只是渴望少年

我替你活了下來

我還站在這裡
模仿你，代替你活了下來
如果你還存在，一定也像我一樣吧？
對許多事情感到憤怒和厭煩，我曉得
你選擇離開的原因
是看不見自己，是看見了許多
未來可能成爲的模樣
而那些模樣都讓你死亡

現在的我，成爲了他們
那個你沒有活成的我
替你活了下來

他們不夠好，但我沒有放棄

整形成天使的模樣

自殺的人在地獄裡，都吐出舌
那年老死亡的人進入天堂
也會禿著頭或沒有牙齒
以那樣的狀態成爲天使嗎
那我不想去了，天堂和地獄好像

就先待在這裡
整形成天使的模樣
再死去

三點全露

如果出賣靈魂和肉體
只練習性感，解開和解放
我也能夠換取夢寐
以求的一切嗎？
愛與成就，崇拜與金錢
在死亡來臨之前，那就是捷徑吧
那就是緩解一切焦慮的解藥

看一眼牆上的鐘。三點了

提前習慣死亡

日子會消磨你
讓你感受死亡
等下一次窒息來臨
卻又感受輕盈
因爲你早已
死過一次

粉身碎骨

哪裡有什麼
觸底反彈
更多時候都是
直接
粉身碎骨

窗外

打開窗簾
看見便利商店的人們
我把窗簾拉上

打開窗簾
看見了植物生長
我把窗簾拉上

打開窗簾
又看見日子
我再把窗簾拉上

陽光

小學的午後，陽光
是再過幾個小時便能回到家中
吃完飯，和期待的那部卡通

中學時的午後陽光
有七嘴八舌的同學與籃球聲

現在的午後，陽光變了
和日子一樣刺眼

解藥

這世界最大的謊言
是讓我們誤以爲
得到愛與快樂
便能治癒痛苦
以爲幸福就是一切
最完美的結局

沒有傷口如何感覺疼痛

不是只有受傷的人能夠哀嚎
感受都是真實的，但是沒有傷
怎麼能感覺疼痛？
好奇怪，我沒有流血
卻慌忙著想找到痊癒的方法

痛苦都是真實的
沒有傷口，卻感覺疼痛
是生活變成了一把銳利的劍

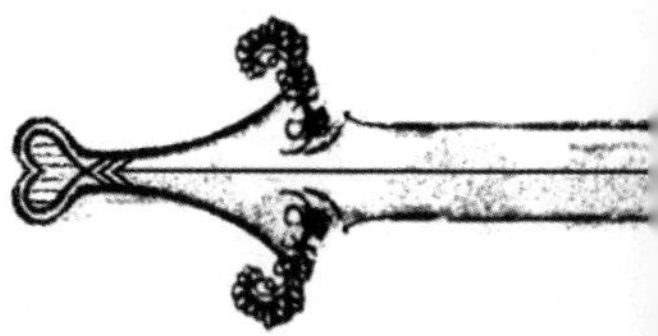

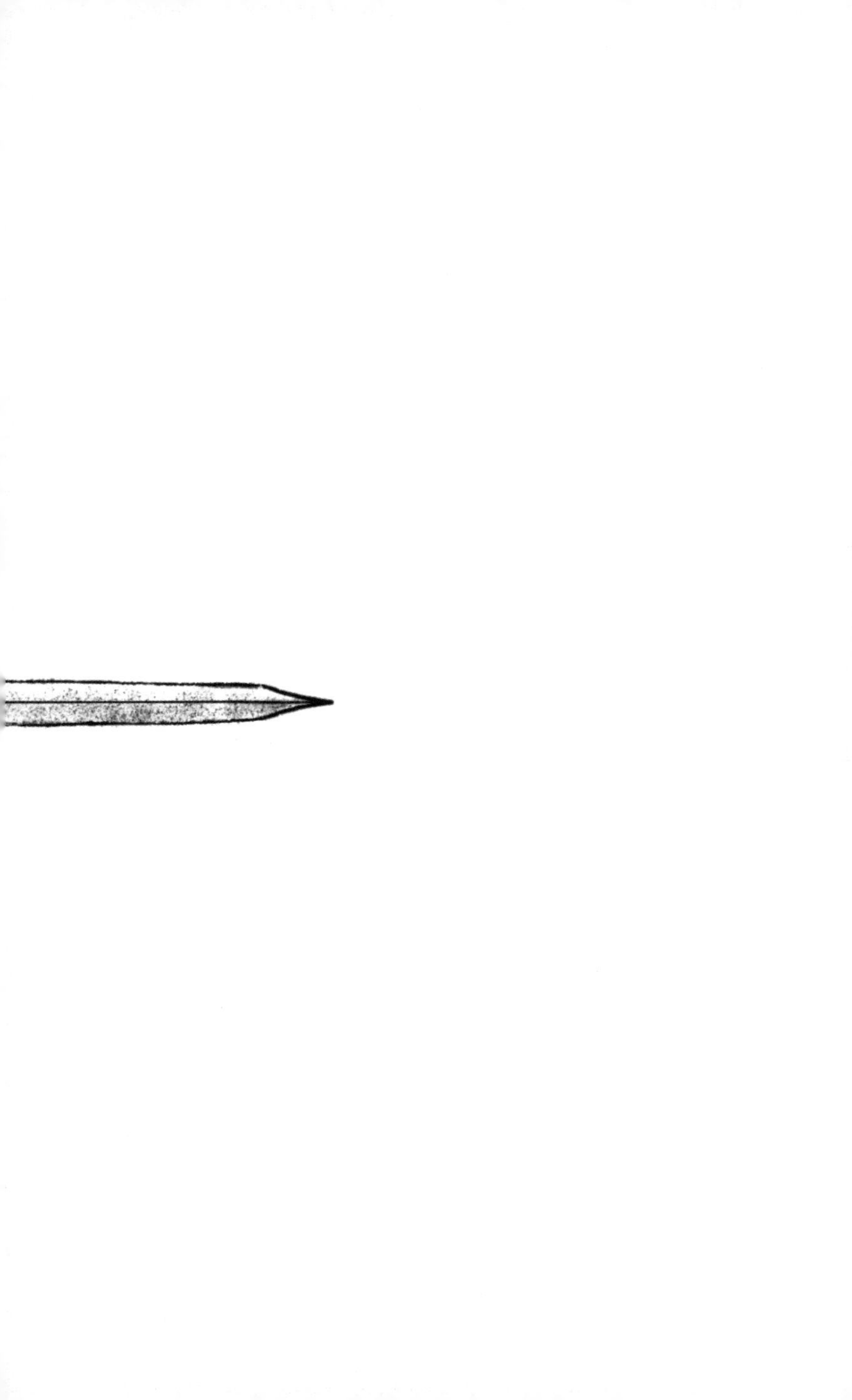

表演的眞相

我曉得有人正在看著
我拿起筆記本寫下正確思想
寫完美的人格與靈魂
等我死了，會有人從我的書櫃裡找到
將那些我寫下的都仔細閱讀
他們以爲，都錯以爲
那便是眞實

眞實裡有標點與符號
豐富的詞彙與思考，邏輯清晰
我曉得有人，正在盯著自己的模樣
說出的每一句話

可那都只是表演出的
你以爲的眞相

形式與人格

你曾思考過一張紙的長度嗎？一張紙有一千尺、一萬公里
或更長。直式與橫式，由上寫到下或從左到右，不使用空行
那最末端的字，需耗費多長時間才能夠抵達？
只是一句話，一句話有一萬公里這麼長。

Instagram：
只使用中文與全形標點符號，最長能夠寫下二十五個字，
自動換行。臉書：二十三個字。不更改原廠字體大小
Line 的對話框：
加上符號標點最長能寫十四個字

與朋友訊息
我將一段文字
分段送出

他們問我
爲什麼
不把想說的
一次寫下
有符號與標點

我回答：在友情面前，我只渴望鬆懈，而這樣懶散思考
懶散繼續正確的自己，便是眞實的我的模樣。
這不正是友誼存在的意義嗎？
我們談論彼此的差異和相似
所有形式、符號，都成爲框架，都太過嚴肅
優秀的人格和靈魂就只留在那些我必須證明
自己足夠成熟的世界裡。
煩死了
去切割自己的紙，選自己的字體
去讓那些人寫他們的
一千尺與萬里

你是電，你是光，你是唯一的神話

我總是裝笨
用兒童的口吻說話
寫不成熟的文字
說出像是
從未思考的話語
你總是聰明，你陳述道理
表現出一副智慧的模樣
用大人的方式說話

我總是懵懂
提出早已曉得
答案的問句

讓你拿出一本書
讓你覺得自己
又教會了我一件事情
是你讓我思考
你才是宇宙，你才是唯一

因爲瑕疵才如此美麗

把我的男友借給你，讓他躺在你的身旁
他們和我說：
「你病了，這不愛情。」
可是有好多人都不曾理解過愛情
人好奇怪，明明有許多不理解的事物
卻總擅自定義萬物的正反

這世界有許多矛盾的模樣
有太多的人不像人
身體也不是自己的身體
生活如死亡，食之無味的肉
愛情的本質成爲了占有

還有太多的詩不是詩
那只是活生生的人
曾走過的日子

美麗比內涵重要

活著已經非常困難了吧？不要再用太費力的事情，把自己困住

總是要求一切都擁有深度，沒有思考便膚淺至極。我討厭擁有這樣的想法

也討厭努力想讓自己充滿內涵

思考，從來不是問題。我每天都在思考

如何讓自己看起來像美麗的粉紅色獨角獸玩偶

如何不讓自己顯得討厭和驕傲，如何不以那樣的面貌示人，自以爲是

把高級與內涵看得太過慎重，害怕顯露出廉價的模樣，便成爲低俗

活著，努力評論一幅畫，評論一部電影

評論一首歌的旋律與歌詞，評論文字評論詩

在這些應該彰顯內涵的事物中，缺少了讓人思考的形式，便是呲牙裂嘴的嘲笑

但是美麗，才是更重要的事情吧？

美麗新世界

我打開影片下方的留言區，努力尋找惡意的評論，沒有
沒有任何一點邪惡，大家都帶著愛與笑容

期待看見美麗的世界，卻總在意識裡質疑，尋找黑暗
疑惑人性眞實的面貌，才願意告訴自己。對，就是這一次了
我要的那個美麗新世界來臨了，我們終於停止憤怒

眞實才是最可怕的惡夢

影片裡的你，和我平常看見的模樣不同
你跪著。襯衫與內褲都被撕裂
緩慢脫下襪子，赤裸雙腳
將你的腳掌移至鏡頭的前方
逐漸脹大了，你用手握住
進入另一個人的身體

不敢告訴你，我把影片看完了。我不確定那是不是你
那是你一直想成爲的模樣嗎？也或許，那才是眞實的你

我試著練習成爲你，希望能曉得你爲何至此
魚腥味的市場，爲了生存叫喊

芹菜、豬肉與九層塔，都不像你
可你喜歡腥味，特別是血腥的味道。手腕與身體
你說腥味總讓你感覺存在，只是爲了存在
影片裡的你，這樣血肉模糊，充斥著體溫
放棄與自我拉扯了，進入更美麗的世界
不再只是短暫的幻想
當幻想成爲了眞實，你就是你了
不是他人。眞實才是最可怕的惡夢

夢是很可怕的

我曾到過不同的地方
在我醒著的時候，我也曾到過
我看見所有人
那些我在社群網站追蹤，崇拜的對象
原來都有一條連接著他們的線
只有在你選擇相信與迎接它的時候
你才能夠清楚看見。所有的一切
都是串連在一起的嗎
只是沒有人願意告訴我
大家早就一起到過我從來
沒有抵達的地方

該醒來了
夢是很可怕的
那是比活生生的地獄
比我正踏著的這塊煉獄都還令人顫抖
只有活著的我，才能感受體溫與疼痛
在所有人都渴望將我千刀萬剮時
那才像是活著。夢裡連淚都是假的

- Real World -

- Real World -

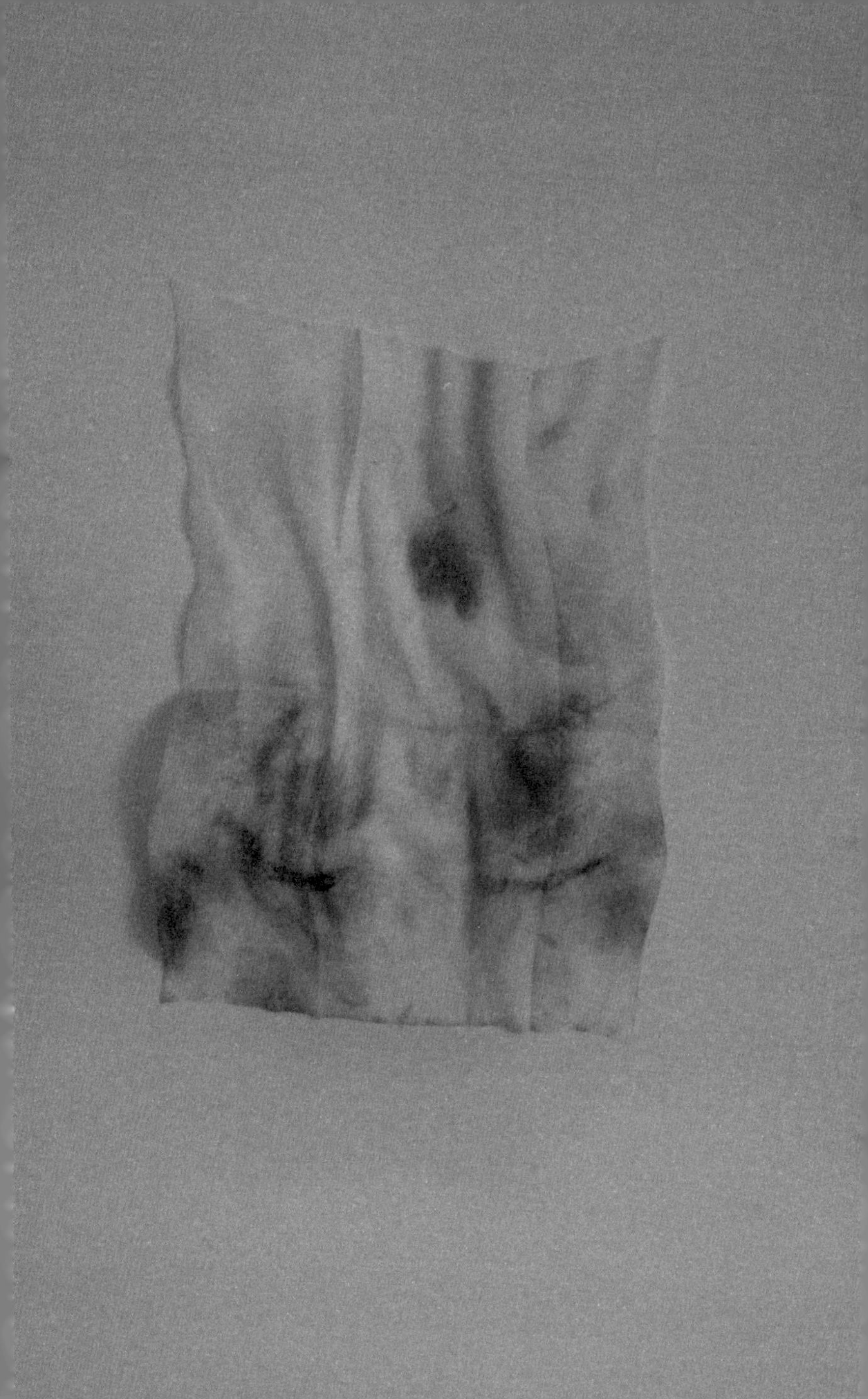

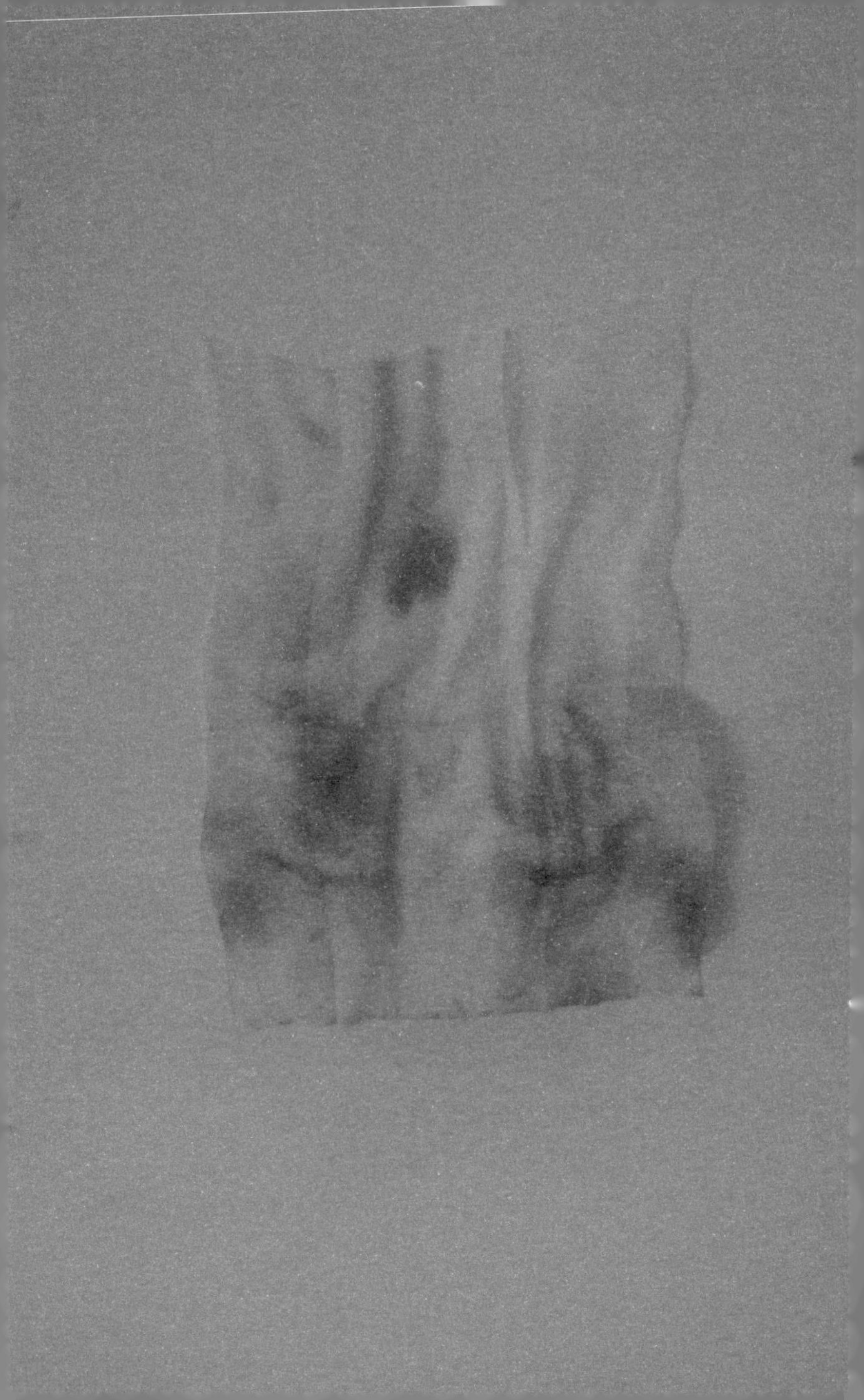

男扮男裝

手機螢幕從新買的褲子口袋裡透出光，突然覺得自己像是科幻電影裡的人物，身體換成機械，把討厭的全都丟了。

一個下午，我把近十萬張的照片重新看過一遍——這是現代恢復記憶的方式，手機鏡頭早已取代日記。十萬張照片，又大概是多長的時間？我才不要計算。

相簿裡全是我從雜誌裡翻拍下的圖片，不同時期穿著夾腳拖鞋的腳的肖像照和裸體，站在鏡前的自拍，你的，或是我的，那些我始終疑惑的東西。還有昏暗電影院裡偷牽手的影片，餐廳、招牌與菜單，努力翻找過去的日子。

找到兩張喜歡的照片。一張的我赤裸沒有穿上衣服，雙眼畫著煙燻妝；一張的我穿著正裝，白色襯衫與西裝褲。正裝，應該是更接近大多數人喜歡的裝扮了，乾淨整潔。記得在拍攝穿著正裝的照片時，我在鏡頭前不斷練習擺出「男性」拍照的姿勢，那對我來說如此彆扭；雙手交叉置於胸前，或是微笑、豎起拇指，原來我從來不曾學習過。也或許是直覺的逃避與憎恨，就像我一位不喜歡展現女性特質的朋友，我也羞於展現自己的「男性」，總覺得不自在。

男性，自古就必須比女性擁有更多自信與勇氣：不許哭泣、不許展露情緒、不拐彎抹角。穩重與堅毅、挺起胸膛，擁有「男性」也一直是我被教導的觀念；男生不能翹女性的二郎腿，男性的二郎腿要將腳踝擺放在另一腳的膝蓋上，小腿呈平行。坐下時雙腳不能併攏。握拳，須將拇指壓在食指與中指上，女生才將拇指放在拳頭的最外側。軍訓課舉手握拳時，我就握出了女性的拳頭。教官當著全班的面嘲笑，糾正我握拳：「娘砲才握女生的拳頭。」我的名字裡有良，但總是被硬加上了女字旁。

讀小學時，坐在隔壁座位綁著馬尾的女同學，我一直以爲那就是自己將來要娶的老婆。我們常玩在一起，作業也一起完成。下課後討論彼此喜歡的卡通，討論喜歡的水手服戰士，男同學總起鬨：「男生愛女生，女生愛男生。」說我假裝功課不好，讓她教我。我也誤以爲自己喜歡她，但我常哭泣，都是綁馬尾的女同學像男生那樣保護我。這樣的我不時思考，該如何去喜歡一個女生。

我與馬尾女同學變成朋友，是從一片遊戲光碟開始的。千禧年，剛進入電腦與網路的時代，當時出現了一款能夠模擬人生與家庭的遊戲《模擬人生》（*The Sims*），在虛擬世界想像自己未來的模樣，我覺得有趣。娶一個老婆，生兩個孩子。每天準時九點起床，穿上西裝，開車，出門上班；玩了一陣子，已經開始乏味。不過卻意外發現，遊戲裡的廚房只要沒有安裝防火警報器，就有機率在料理時引起大火，這是後來我覺得最好玩的部分。看著裡面的人物驚慌失措，時而成功滅火，時而燒死，變成墳墓。

另一位男同學和我在教室外的走廊上罰站。他是那種長得標準的男生，下課會立刻跑往操場的類型。罰站時，他說喜歡隔壁班的女同學，問我有沒有也正在喜歡的女孩；為了能和他擁有話題，為了能更像他一點，所以我說自己喜歡坐在隔壁座位，綁著馬尾的女同學。這樣的問題總是太多。我曉得世界的標準，被教導什麼是正確與不正確，早已練就第一時間說出和大家相同答案的能力。

那時候的我好難想像長大後的自己，也會娶妻和生子嗎？像我的叔叔與哥哥們那樣擁有家庭，成為一家之主。他們全都長得高壯，有著臭男生的自信和愚蠢。即使沒有，也是最標準的男性模樣：風趣、幽默、侃侃而談。像我這樣的人，如何擁有一個家庭；老婆微笑著，從廚房端出一盤水果。讓孩子坐在自己抖動的腿上，拿一罐啤酒和兄弟們聊天，踩著夾腳拖鞋、檳榔與煙蒂，粗俗髒話。

十四歲開始練習穿夾腳拖鞋，那是意識裡最具有男子氣概的物品，好像穿上了便能趕快長大成為男人，擁有男性的模樣。在成熟的男性下成長，那些從陽剛形象裡所感受到的愛護與安全感，都只讓我長出更多疑問。

和叔叔們一起洗澡，我會偷偷觀察他們的生殖器，再低頭看自己。還沒有，那些東西只是還沒有長出來。天真以為成年的那天一切就會順利長成，以為在十七歲的最後一刻，也會擁有他們陽剛的外表與氣味，所有缺少的部分都能瞬間冒出。但，我好像和他們不同；另一次在浴室裡，發現哥哥忘記帶走的雜誌和漫畫，就放在裝浴巾的櫃子上。它們和我以前看見的漫畫也不相同。

漫畫裡的人物會把衣服脫光，雜誌裡的男生和女生，都不愛穿衣服。我好喜歡看哥哥的漫畫，卻又不敢和任何人說，只是每天洗澡時偷偷拿起漫畫，翻到女人在牧場擠牛奶的故事：男人看著女人蹲在牧場裡，幫乳牛擠出牛奶。男人把自己的褲子脫下，也假扮成乳牛。女人沒擠過那麼硬的乳頭，換了許多種方式。用嘴，再換手，使力和更快速的，牛奶出來了。

我的腿毛也在那時跑了出來，比同年齡男孩長得更茂盛。叔叔們常稱讚，腿毛長代表性慾強、喜歡打手槍，這樣才夠男人。於是腿毛和性慾都成為了我展現男性的方式。每一次只要我的腿毛被發現了，都能得到一次拍肩頭的鼓勵，他們說這並不是所有男性都能擁有的。那一天我才曉得，原來在十七歲的最後一刻，缺少的東西不一定會長出來。我有的，你無法生長；你有的，我也無法長成。

喜好什麼類型的女孩，也是常出現的疑問與難題。不曉得該如何回答時，就說自己也喜歡大胸部。喜歡大胸部應該夠男人了吧？雖然我最喜歡的是穿著迷你裙的女孩。我告訴馬尾女同學，我最喜歡穿迷你裙的女戰士。她覺得我色。

但他們看見的迷你裙才是慾望。我看見的只是渴望。

渴望成爲。

我把遊戲裡的人物都燒死之後，就將遊戲借給馬尾女同學了。我和她說這遊戲很有趣，妳可以在裡面結婚、生子，也可以讓它們死亡，重新再來一遍。

男扮女裝

女人影響了我一輩子。我模仿的對象，始終都是女人。從來沒有任何一個男人是我學習的對象；我和姊姊們舉辦自己的《超級名模生死鬥》，學姊姊們聽凱莉米洛（Kylie Minogue）、聽瑪丹娜（Madonna），學天命真女（Destiny's Child）表演時走路的姿勢，也學 JLo 扭腰擺臀；珊卓・布拉克（Sandra Bullock）在《麻辣女王》（*Miss Congeniality*）裡的選美比賽中，用高腳杯演奏了一段旋律。高腳杯竟然能發出聲音，當時好訝異，於是我也準備了高腳杯，在音樂課模仿她選美時的表演，完成了初次的才藝比賽。那是我第一次在課堂上得到滿分，贏了一位從小學習黑管的同學。老師說，創意和做自己是最重要的。

姊姊們常要我幫忙挑選衣服，她們全是我眞實世界裡的芭比。一邊看著《慾望城市》（*Sex and the City*），一邊幫她們梳頭髮，選出門搭配的香水與高跟鞋。每一次完成後，她們會問我：今天也很漂亮嗎？我都點頭說漂亮；她們說漂亮只是賞心悅目、更表面一點的，有的女人聽了會開心，有的不會。

打開她們的衣櫃，我常提出問題。爲什麼妳們要有這麼多件衣服和鞋子？

「才沒有人想要每天當同一種人。」姊姊們踩著高跟鞋，一邊戴起耳環：「你長大就會懂了，服裝是很重要的。」

大堂姐接著說：「但能讓標準之上的外表還更脫穎而出的，是一個人的內在，那才是美。」、「陳腔濫調，實際上卻很少人做到。」姊姊們眞囉嗦，美就是美，哪來這麼多問題。

在髮廊工作時，我見過許多不同的女人。幫天生麗質的女人化妝，也幫後天麗質的女人化妝，她們全都花了許多錢，將自己變成了世俗眼光裡的漂亮。那段時期，我見過好多不同的魔法。我喜歡用魔法稱呼，因爲那確實更像一種魔法；她們從原本的模樣，突然再變成另一個人，也有許多人從改變外貌的那一刻，原先的個性也一併消失，她們全都開始更在意自己。只有魔法才能做到這件事，眞正的變成另一個人。

常找我化妝的一位小姐，也跟上了變形咒的魔法風潮。我和她沒有太多交集，通常只是化完妝，她便趕緊離去。見過了太多同樣的個性與相同模樣，便也將她歸類在同一群使用魔法的女人裡。一次化妝的途中，某位客人使用晚餐的筷子掉在了地上，她比任何一個人都迅速起身彎下腰，不在乎自己的頭髮與妝是否完成，立刻將筷子撿起丟入垃圾桶，再從她的名牌包裡取出自己攜帶的餐具，微笑著，交給掉下筷子的客人；這樣的事件發生過許多次，我卻從沒見過任何人有過類似的舉動。那一次，我覺得她就是美麗的女神。

•

栗山千明在《追殺比爾》（*Kill Bill*）裡飾演 GoGo 時，穿著學生水手服、白色長襪與帆布鞋，手拿鏈球當作武器。登場，她以少女的音調揮手招呼，對白，再一步一步走下台階。對白結束，鏈球落下將地面撞裂，她的音調降低，少女與學生已經準備進入眞實世界；《惡靈古堡》（*Resident Evil*）初代電影上映的那一年，十八禁，我還沒有成年。是因爲殭屍嗎？殭屍怎麼會禁止未成年，雖然當時還是跟著姊姊與她的男朋友，一起順利進到了電影院。女主角舉著槍，穿黑色迷你短褲與紅色洋裝，露出半截大腿，在洗澡的鏡頭前露出胸部，和電玩版本截然不同。被當成實驗品時，只用了兩片像衛生紙的白布，一前一後貼住赤裸的身體，什麼也沒遮住。她沒有毛，電影院裡的男生們全都歡呼；原來，男生都喜歡沒有毛的，但我的毛好像開始長出來了。

毛長出的過程，對性的慾望也開始出現；男同學要去電腦教室偷看 A 片，我也好奇，便跟了過去。A 片開始播放：學生水手服、白色長襪與帆布鞋，少女音調呻吟，對白，再一件一件脫光。又沒有毛，男生們又歡呼。

我看不懂，只是一直盯著男主角的腿，我想爲他的腿毛歡呼，卻又害怕，怎麼沒人爲男生的腿毛歡呼。算了，先不想了。

因爲電影和恐怖遊戲，我也曾想成爲警察，只是我該如何穿著紅色洋裝或迷你短褲去成爲一位警察？算了，也不想了，也學 A 片裡的女生，把它們一件一件脫下。

愛與正義

我曾阻止過一場戰爭。

父親總在六點準時回到家中，有時是下班，有時是剛喝完酒。那時他還沒與我的母親離婚，只是天天爭吵。

父親也總以爲我與他相同。他開心地笑著，因爲我終於不再爲任何一種顏色的玩具吵鬧，選模型汽車、金剛與戰士——他一次給我買了好多，和他的朋友炫耀：我家也有一位喜歡金剛戰士的男孩。雖然金剛和戰士後來都變成我自己遊戲裡的怪物，成爲追殺美少女的惡魔、站在另一邊的敵人。

我也是他們的敵人嗎？他們爭吵的原因。我不曉得，只曉得玩。所有的事情都像一種遊戲，只要通過了，便能得到獎勵。

碎裂的碗盤、灑了一地的火鍋，料都沒在鍋裡。我當家家酒，自己玩起了角色扮演；卡通裡，美少女拿起魔杖對著敵人旋轉，噴出彩帶和夢幻光線，惡魔都變回人類的模樣，不再猙獰。我想起自己也有一支魔法棒，這應該是他們第一次爭吵的原因：沒有意義的物品，又過於女性。

結束自己的家家酒。電視螢幕碎裂，酒和水滿地，狗都叫著。沙發顛倒了，像溜滑梯。我開心地笑，從顛倒的沙發上滑下去，舉著自己的魔法棒，在落地的那一秒對父母喊出：美少女戰士，變身！我要代替月亮，來懲罰你們。

父親和母親都笑了，魔法眞的讓一切物歸原主。

任性粉紅

我時常忘記家裡養的柯基犬「哈尼邦」的忌日。每一次都是姊姊提醒我才想起，但我一直記得牠蓋在毛底下的粉紅色皮膚。有一年夏天太熱了，就把牠的毛全剃光，才發現牠有夢幻的粉紅色皮膚。

哈尼邦的記性比我好，總是能記住許多事。鑰匙的聲音是有人外出，牠會提前坐在門口，因爲曉得出門的那一個人，會扔給牠最愛的食物；零食櫃的抽屜打開，牠也已經坐在腳邊；塑膠袋發出的惱人摩擦聲，誤以爲是給牠的食物，那和裝零食的袋子發出相同聲音。

上樓梯的聲響牠也能分辨。是媽媽，牠就停在門口；是姊姊，牠就雙腳亂跳，期待姊姊走進門；是我，牠還是停在原地睡著不動，繼續關於食物的美夢。

我問姊姊，哈尼邦爲什麼不喜歡我。她訝異地看我，說我從小就是任性的孩子，連要送給哈尼邦的粉紅色玩偶都能搶走——那時候的我，也總是和姊姊搶所有關於粉紅色的東西。

誕生出一位粉紅男孩，選擇了錯誤的顏色，整個家族時常歇斯底里。氣我，也氣他們自己，怎麼養出像我這樣任性的脾氣，像個女孩；什麼是像個女孩？養成一個男孩，只能是藍色和手持弓箭，彎弓射下九顆太陽與低沉的嗓音嗎？人們為何如此執著。但我也是，明明能選擇不爭搶，不那麼執著於粉紅。

任性，就是從這時候開始的。如果有人試圖阻止我使用粉紅色，我就鬧脾氣。只要開始任性了，便能得到想要的東西，也不會再有人試圖告訴我，什麼才是男孩應該選擇的顏色。買不到喜歡的玩具，就賴在百貨商場不走，靜靜坐在一旁的椅子上。因為在意形象，不會將穿在身上的衣服與商場的地面接觸、不會在原地打滾，就只是一句話也不說，聽不見任何人的聲音，好早便開始學習沉默；還是得不到心愛的粉紅色，就回家把粉紅色顏料塗在地板和牆上，半夜離家出走，鬧得整個家族尋遍大街與巷弄、市場水果攤、雜貨與麵包店。那一次之後，沒有人敢再左右我的選擇，深怕家中會有某樣物品又被我塗滿顏料。

也曾經用火，把家裡的佛堂燒了，因為大人總騙我，神明會懲罰選擇粉紅色的男孩；後來想起大人說的話，懲罰或許真的存在。

小時候上學之前，我都會跑到母親的化妝台，偷拿她的香水灑上自己的衣服，再拿有淡粉色的護唇膏，塗自己的嘴唇。某天，一位在班上不曾有過互動的女同學注意到我的嘴唇，和其他人不同，看起來特別粉嫩，她就將自己摺的星星送給我。第一次因爲粉紅色得到的禮物，就是這顆香水紙摺成的星星。我和她說，我的衣服也有類似的香味。

於是每個下課鐘響起，她都跑來我的座位旁，借我的外套、聞我衣服上的味道。每聞一次，她就送給我一顆星星。她問我：爲什麼我的衣服會有香味？我說，因爲我喜歡粉紅色呀。

詛咒就這樣開始了。

因爲粉紅色，女生都喜歡和我玩，但男生怕我。一不小心就成爲他們眼裡最奇怪的人。每個人看見了，都會以嘲諷的口吻，問我是不是也喜歡蝴蝶結。可是我其實更著迷粉紅色乳頭、粉紅色嘴唇。看見粉紅色就想讓它出現在自己身上，像有夢幻的香味飄在自己的周圍，排泄出的，也全是相同味道。每隔一段時期，我都會又一次成爲「那個喜歡粉紅色的男生」。聽不見任何人說話、持續沉默、不回答任何問題，仍舊選擇自己喜歡的顏色，再把喜歡的人嚇跑。阻止我喜歡粉紅色的人，我都討厭；我的任性，應該更像是一位勇敢的男孩吧？懂得捍衛，與自己的敵人戰鬥。

芭比和肯尼娃娃如果從玩具盒裡走出來，看見人類爲了粉紅色而戰爭，一定會傷心的又走回去。

珍妮

我有一隻從小到大都沒有丟掉的芭比娃娃。搬過許多次家，換不同的房間，裝它的紙盒也始終留著，就放在每天醒來能看見的櫃子上。我將它的頭髮剪去，爲它裝上更立體的睫毛，以顏料染它的頭髮。

幼年時玩樂的夥伴，每個人拿出的芭比全都長著同一副模樣。我們拿起芭比在玩具服裝店裡，假裝購買重複卻又相似的服裝，我就開始生氣，不玩了。脫光芭比的衣服，拔光它的頭髮，把它放進冰箱、微波爐、埋進土裡，不想和任何人擁有相同的芭比。芭比就是我的第一次毀滅；第二次，是美少女戰士裡的五位戰士。

在最初的故事結局，五位戰士全軍覆沒，戰死在結冰的雪地中。雪地破裂，水從地面湧出的瞬間，凝結成炸裂狀的冰柱，戰士們纏繞著惡魔的觸角，像困在一棵枯木上；吵著父母買來的美少女戰士玩具，都像這樣全被我用力扔在了樹上，沒卡在樹枝裡的，就重複一遍，直到它們重現卡通的畫面。

還有一張喜歡的專輯也從沒丟棄，跟著芭比一起擺在櫃子上。這張被喻爲世界上最難聽的專輯《變態少女》，其中收錄的〈變態少女想人記〉、〈愛你愛到死〉也幾乎是大多數人記憶中最難聽的歌曲，甚至有人說：這不是音樂。但，這不是音樂，難不成它是一道料理或服裝嗎？人眞自大。它們可是我的最愛，我的第三次毀滅。

喜歡任何人與事物時，我從不管旁人，只要喜歡，它們就是我自己世界裡的最高級。擁抱眞實，即使醜陋，那也都是最美麗的；假扮高級，才是醜陋與廉價。

早已習慣喜歡的一切，總這樣遭人唾棄。而這也只說明，大部分的人都長得相同。

眞想拔光他們的頭髮。

如果要說是誰啓蒙了我對於文字的喜愛，絕對就是完成這張專輯大部分歌詞的徐熙媛了，眞的不是任何偉大的作家與文學，有的話，那也是之後的事；《變態少女》裡有著最美麗的崩壞、骯髒和張牙舞爪的瘋狂與愛情、衝擊靈魂的文字。在她的文字裡，自己一直是最骯髒的，只有她愛的人永遠神聖、完美無瑕。她可以吃掉對方拉的屎，爲愛殺死對方痛恨的人；上廁所時不敢思念，怕惡臭的空氣褻瀆了愛人；每次寫情書用名牌鋼珠筆，寄出之前，手先洗乾淨。

毀滅對於我，一直都顯得更有人性，也更加眞實。看著美好的事物崩毀，以任何形式毀壞，好像就把我與它們的距離，都拉得更近了。

十七歲時看《花邊教主》（*Gossip Girl*），劇裡有一位總是令人頭痛，住在布魯克林的麻煩人物——Jenny Humphrey。雖然藉由這個角色的成名，我與一同追劇的朋友都曉得了演員的姓名，但我們還是習慣以珍妮稱呼她。

起初，珍妮是我最討厭的，只要有她出現的畫面，總想快轉。但隨著劇情發展，她開始爲自己畫上煙熏眼妝，將原本的金髮染成更強烈的白金色、性格逐漸瘋狂，美麗而同時低俗，卻成爲了我最喜歡的。原來這時期的珍妮，已經是她戲外的自己，Taylor Momsen；組織樂團（The Pretty Reckless，美麗的魯莽），唱起搖滾，穿透明的恨天高跟鞋、洋裝與吊帶襪，乳房和乳頭更是自由奔放。拋開世俗，不想當一位乖乖牌，不想清純，不想活在別人定下的標準裡。

那也是我第一次將自己的頭髮染成了金色。學習她對世界吶喊的方式，穿透明絲質襯衫、煙熏眼妝，露出身體和乳頭，想和劇外的她一樣，向世界吶喊。那個年紀能有什麼痛苦值得吶喊？太多了，幾十支麥克風都不夠。憤怒與不被懂得的自己，到現在仍是。

而這些我所迷戀的崩壞裡，還有一位同時留著半邊黑髮與半邊金髮的歌手——黑瓷（Porcelain Black）。她說金髮代表的是小甜甜布蘭妮（Britney Spears）；黑髮則是瑪麗蓮・曼森（Marilyn Manson）。好美麗，甜心與噁心，這就是崩壞。

雖然當初模仿她們拿起麥克風吶喊的原因，都與現在不同了，但每個時期仍有一個芭比與熙媛，珍妮或是黑瓷，在自己的身體裡渴望瘋狂、渴望解放。就像頭痛總是伴隨著我。

嘗試過許多治療它的方法：藥物、放鬆和運動，始終無法根治也無法痊癒。已不清楚是從什麼時候開始的，只記得它一直存在，不時就會提醒我，彷彿它才是真正做到了承諾的那一個，從不曾離去；每一次頭痛時，我就會想起她們的音樂、想起珍妮與她的樂團。將聲音開到最大，耳機或音響，用令人頭痛的麻煩人物，治療自己的頭痛。

十三號星期五

初看《十三號星期五》（*Friday the 13th*），我一直對這個電影名稱感到好奇。十三號與星期五，是很特別的日期嗎？

在許多宗教裡，十二一直有著崇高與神聖的地位。一年有十二個月；十二個星座；十二地支和十二生肖；十二位耶穌門徒；十二一直象徵著完整。那十三，自然成爲了破壞與不和諧。西方文化中，十三被視爲不吉利的數字。迷信的，連電梯樓層都把十三取消了，和我們害怕數字四一樣，看見四就想到死亡。

我出生的那一年四月，十三號剛好是星期五，集合東方與西方人都害怕的數字，不祥的象徵。我洋洋得意，到處嚇人，雖沒有魔鬼的身材，但我就是魔鬼的孩子，只要惹我不開心，魔鬼就會去找你。如果由來與迷信屬實，我想是它帶來的影響，讓我著迷暴力電影與恐怖片。《德州電鋸殺人狂》（*The Texas Chainsaw Massacre*）在我十三歲的那一年，重新推出了翻拍的版本。當時每個週末都呼朋引伴，陸續找同學到家裡派對，一起看 DVD，要所有人曉得這是我最喜歡的電影，只是畫面常過於聳動，少有人陪我看完，除了安藤。

我們在 YouTube 還沒興起的年代，就著迷自己創作影片，什麼都不懂，手法也粗糙，拿著安藤和父親借來的相機錄影：錄夜晚，錄同學扮鬼，錄彼此尖叫的聲音，再擺出扭曲的姿勢、呲牙咧嘴、拿番茄醬當血。常因此被大人責罵，爲什麼不玩點正常的遊戲？那時候不懂，原來這樣不正常。

比起浪漫節日，我也更喜歡能夠裝扮的萬聖節。學習特效化妝時，我最喜歡使用皮膚蠟做出腐爛的皮膚、在手腕製造血腥的傷口和醜陋的疤痕，再拍一張照片傳給朋友惡作劇；進入高中前的最後一次班級旅行，好友受傷無法參與，玩在一起的同學們也沒跟著報名。那個禮拜租片行終於推出了《大逃殺》，劇情描述一個班級在畢業旅行的途中，被迫參與互相殘殺的遊戲——這樣的情節就這麼剛好在畢業的季節推出。十五歲的最後一場旅行，便將這部片作爲禮物，送給當時沒有共同參與旅行的同學，反正大家早已習慣我驚悚的禮物。

《大逃殺》改編自日本漫畫《生存遊戲》。這部漫畫裡畫出了整個班級的人物與故事，而其中，容貌姣好的一位女性角色——相馬光子，在我第一次看見她時，就著迷於她的外表與性格。身處這場互相殘殺的生存遊戲裡，她也幾乎擁有充足的獲勝條件：城府與心機，強悍與殺傷力強大的武器。明明手拿鐮刀，卻表現出過去從未有的個性，流淚、懼怕、脆弱，以求救的口吻向原本在班級裡便柔弱的另一位女同學示弱，試圖取得同情。在對方卸下一切防備時，迅速以鐮刀，割向頸部；以性和身體，在殘酷的世界裡換取生存的機會，爲宅男破處，讓處男發春。高潮時，血和精液同時噴出，全都邁向死亡。

爲什麼「我」會如此？少有人像我這樣偏好毀滅。

不斷尋找原因，不斷思考這個「我」到底出自哪裡。在書裡，在電影和動畫影片裡，在許多不同的形式中尋找，只是沒有人承認，每個人都拐彎抹角；是與生俱來的嗎？還是眞的有誰影響了我。新聞媒體裡的報導都說，是邪惡的電玩與漫畫影響了年幼心智，但其實，是我去找它們的，而它們卻也那麼任性的，都突然停止了，都不再讓我感到迷戀，彷彿正告訴我，眞實的世界還更可怕。

原來，我並不是特別著迷血腥和暴力，只是著迷所有恐怖題材裡一種獨特的美：強烈的執念與求生慾。那種用盡全力，對於生存與夢想的意象；後來我把它們都變成了紙與剪刀，在這裡也能實現另一種形式的摧毀與重組。

與不同的人相處時，我展現不同程度的「我」，展現不同的樣貌。先是安靜與聆聽，躲在自己的後面，觀察對方能接受什麼面向的「我」，再一點一點表現出來。

安藤說我喜歡的每一部片裡，都有奔跑的畫面。《大逃殺》裡的學生們自始至終都在躲藏與逃跑；《二十八週毀滅倒數》（*28 Weeks Later*）開場，謬思合唱團鬼魅的歌聲，也搭配著人類爲了躲避喪屍攻擊的狂奔；《追殺比爾》（*Kill Bill*）的鄔瑪舒曼拿起武士刀，瘋狂追逐著仇人。

在瘋狂的世界裡求生，即使親人死亡、同伴落難，也仍不放棄的緊抓一把刀或槍，擊退未知的恐懼和威脅。電鋸就是生活，殺人魔只是將生活舉起，不斷切開我們；喪屍是威脅、病毒是未知的恐懼，要我們像恐怖電影裡的角色，努力求生直到盡頭。放棄的人都死了，活下來的是鮮血染著全身的女主角。被劃破的衣物露出肌膚，凌亂、脆弱，卻還是那樣美麗。

安藤

安藤是我討論人生一切大小瑣事的好友，其實就是摯友，只是我們時常吵架，所以不想這麼稱呼他。不過，朋友就是這麼一回事吧。

我們透過電影與電玩，討論喜歡的歌曲、服裝與造型，七嘴八舌亂聊，從十三歲聊到三十歲。十三歲的年幼無知；十五歲對於愛情的憧憬與嚮往；十八歲關於未來的選擇、迷惘，與自己，還有二十和三十。聊著聊著，就這樣成爲了家人，只在他的面前坦承。

安藤喜歡 Taylor，每一次關於 Taylor 的消息，我們都會透過訊息討論。他和我介紹 Taylor 的音樂故事，每一首歌的心境與歌詞，藏在歌曲裡的祕密。那是歌手與粉絲之間的對話。

爲還沒有正式發行與尚未定名的歌曲翻譯，則是我和安藤平常最喜歡的遊戲。隨意亂翻，卻沒有一次猜中，但我們都認爲自己翻得最好，至少惡趣味；幽默一直是我最喜歡的，那擁有著廉價的美感，能讓人更輕鬆看待事物，不總是這麼拘謹。少了幽默的人都容易無趣，將所有事物設下框架，走在一陳不變裡，只要超出了，全是褻瀆。

但擁有自己才是我們應該追求的，何必活在別人定下的規則。蕾哈娜有張專輯 *Loud* 就被翻譯爲《娜喊》，我一直很喜歡，總覺得幽默，不管是在一位翻譯者或是歌手身上，都明確表達了自己。Lady Gaga 發行 *Chromatica* 時，其中的一首歌 "Rain On Me" 譯爲〈讓雨降臨〉，我始終覺得過於普通。以她的風格與形象，應該更有趣、大膽，我便又擅自將它翻譯成了〈舞后雷陣雨〉，至今仍然滿意。

第一次玩桌上型角色扮演遊戲《龍與地下城》（*Dungeons & Dragons*），也是安藤邀請我。遊戲需提前準備自己的角色，爲它取名、編寫屬於它的故事。遊玩時要儘量以設定的角色性格去扮演、融入，創造自己的旅程。

我們先是隨意開啓能夠自由調整角色外觀的遊戲，創造出角色，再將它的模樣拍下，列印在紙上做成卡片；我選擇了美麗的精靈和舞者，手拿鐮刀，身上攜帶一把琴與香水，但在取名字的過程耗費了最久的時間。它在旅途中，遇見並且飼養了一隻全身粉紅色毛髮，會從身體散發出泡泡的貓，還有一些只是聽起來夢幻的技能：任意改變的外觀、變換香味的香水。只想著美麗，在戰鬥中幾乎完美的毫無用處，唯一有用的法術是使用貓，飄出粉紅色光線。因爲角色實在太過纖弱，戰鬥中只能不斷使用指令，以雙手將敵人推倒，再把自己變成另一種模樣，很快就覺得自己沒用。

遊戲過程，安藤引導我該如何進入角色，以準確、清晰的文字來描述並進行故事。不斷提醒著要以角色的身份說話，不要跳離角色回到眞正的自己，去做那個一直想成爲的人。選擇了什麼模樣，就往那個方向前進，不許後悔，也無法更改。

每一次得做出選擇時，總是不斷想著自己。太多思考，害怕沒選擇另一個而又後悔，常因此無法立刻做出決斷。無法決定的，都習慣問過安藤，才曉得自己該往什麼方向前進。聽更多意見，爲的就是想選到最好的那一個，盡量把後悔壓到最低、最少。他常罵我：不要賦予一個選擇太多意義，就不會害怕沒選的另一個會失去什麼；這個遊戲最受人喜愛的，就是它的命運與隨機性，即使能做出選擇，也還得有那個命。人物是自己選的，角色做出的行爲也是，善良與邪惡全由自己決定，任何結果都自己承擔。

幾個小時後，我將服裝全部脫下，露出角色蒼白的皮膚與肉體，學葛奴乙，將香水倒滿全身，遇上的怪物都走到了身旁，撕咬或舔拭。反不反抗，殺與不殺？那是最快樂的一次遊戲體驗。

我們也常玩扮裝遊戲，互相扮成電影明星、時裝模特兒，嘲笑彼此拙劣的裝扮技巧與鏡頭前擺出的姿勢。某一年萬聖，我在一位攝影師的作品中看見喜歡的照片，傳給了安藤。我和他說，等我們老了，八十歲，如果還沒有死，也要像照片裡的老奶奶，依舊艷抹濃妝爲自己裝扮，到時候再爲彼此拍一張照，以相同姿勢。

當有人問起我們裝扮的角色時，再回答：今年萬聖節，我們扮成了十八歲的自己。

推理遊戲

玩一場推理遊戲，你能猜出誰正在說謊嗎？當生活裡的推理高手，戳破謊言，找出隱藏在每一句話裡被竄改的眞相。這世界上有多少祕密其實早已爲人所知，徒留躲藏的人，還獨自竊喜。竊喜嗎？一點也不。能不擁有祕密多好。

祕密藏著自己的另一面，扭曲或過於脆弱的面貌。扭曲的太過邪惡；脆弱的又太多同情。難怪人們急於隱藏，沒有人想持續扮演弱者。

在鬼抓人的遊戲裡，扮鬼的人是自願成爲恐怖的鬼嗎？成爲人們看見都急於躲藏的鬼。那貓捉老鼠的遊戲裡，扮演老鼠的躲藏者，也是自願成爲老鼠永遠躲藏嗎？一切都只是猜拳，全由命運決定。

和我們眞像。

飯桌上率先發言的男性，夾走面前離自己最近的肉，然後舉杯，掌控著發言節奏；第二個起身的是一名女性，殷勤地爲每一個人斟滿酒杯。脖子上圍著一條絲巾，看起來昂貴。精緻縫線的大衣、隨著手指晃動而不斷閃爍的戒指，她說全是丈夫買的：眞實版本的《慾望師奶》（*Desperate Housewives*），活生生的完美嬌妻。足以成爲一個話題裡，爲人津津樂道的談論內容了；剛接起電話的男孩因爲公事急需處理，提早離席；女孩不喝酒，酒精會讓她全身過敏；孩子們都考進前十名，父母親都笑著，高舉酒杯。

我喝了一口酒，放下杯子，與旁邊的人交談，也成爲了推理遊戲裡的角色。

談戀愛了嗎？有沒有喜歡的女孩？

有啊。

那準備什麼時候結婚？

我現在只想認眞過好自己的生活，以事業爲重——一旁的長輩全都投以讚美的眼光，憑點著頭。

愛，死了

Ken與我是完全相反的人。他爲自己的立場和政治發聲。我總稱呼他爲戰士。不畏懼旁人眼光，不畏懼革命與抗爭，不害怕展露眞實的個性，就這樣成爲了他自己。像Christina Aguilera在“Fighter”裡唱到的：過去的傷痕，都只是讓自己長出了更堅韌的皮膚。

我與Ken只見過一次面，後來都存在網路裡，把彼此上傳；網路焦慮、網路情緒，網路個人紀錄片與戀愛史，在網路裡革命。失敗了，再繼續傳送，等待更多連結。

偶爾聯繫時，Ken都詢問我是否準備好了，是否準備好進入眞實的世界，誠實面對自己，但我就是不像他能如此誠實。和一個人對上眼容易感到緊張，更是害怕接起任何一通電話；我和他說，我沒有過任何一次正式的約會，而正式的約會形式又是誰定下的，我也不曉得。不過一定是手牽著手，走在燈光閃爍的街上，找一家餐廳看著彼此，面對面，優雅吃著盤裡的食物，紅酒或是電影，再到了床上——這是正式的約會吧？愛情即將開始的順序。

不曾牽手走在路上，只在昏暗的電影院偷摸彼此的手，這是正式約會嗎？他摸我，我就感覺到愛情，他的肩膀碰到我的肩膀，我也感覺到愛情。在液體交換液體之後，男孩的愛情，本就容易點燃。

那時候，我以爲這些全是愛情。愛情就是從觸碰和性慾開始的。身體和性慾是所有症狀的解藥；先將自己給予，許多事情都會變得輕鬆，你看過我的身體了，那一定也不介意在我身上其他扭曲的部分吧？瑕疵的個性、緊繃的身體，還有一雙常無法與人對視的眼睛。

崇拜一個人時，我會在腦中想過，自己是否會想成爲他，完全的變成這一個人，擁有他的生活。他身上會有許多我缺少的特質，他的能力、談吐和魅力；喜歡時，我只是接受所有一切，但並不想成爲。難過時，陪著他難過。開心，就一起笑著。如果他有許多不好的習慣，那我也心甘情願接受，和他待在老舊的套房，一起骯髒。

我喜歡 Ken，只是像崇拜另一種模樣的戰士，從來不是愛慕的；Ken 喜歡我，不想只看見我虛擬的模樣，還要更多眞實的肉體。

朋友在群組傳來一則心理測驗。測驗的第一道題目：如果前方有一座森林，你認爲它會是白天或是夜晚的森林？

心理測驗的前提是第一直覺，想到什麼就必須選擇它，無法猶豫。只是我習慣把事情想得太多、太複雜。我曉得這道題目選擇了夜晚，一定會是前方沒有道路、伸手不見五指與看不見未來，或是另一種：富有神祕、憂鬱，帶著難以捉摸和負面面向的答案。這全是在看見題目時，第一秒鐘出現的想法，於是便選擇了白天。這個世界最喜歡白天，大家總是給白天最好的評價。

測驗的結果完全不準，那不是我。朋友都說我想得太多了，可是這也是直覺，我的直覺就是不想要夜晚啊。這些矛盾與自己抗衡的心態，已經無法果斷從白天和夜晚中做出決定，即使我在第一秒就已經選擇。

Ken 也傳來訊息說他想要我。原來，我自己都不喜歡的身體，也會有人喜歡。

但他想要我的什麼，只是身體嗎？得到身體便能得到眞實的我。我沒有找到解答，也不敢再次嘗試，眞實總是太令人恐懼。身體能長出另外一個生命，也能長出瘋狂，像是異形，連口中流出的液體都能將人殺死。還好人類不會，我們的口水只用來交換；他傳來手機拍下的每一張照片：吃過的食物、在雪地裡滑雪，在紐約和日本。他把生活全都與我分享，就等著我進入。

痘疤

小學五年級換了新的老師。新老師教國文、愛讀長詩。開學第一天，她就在黑板的每日注意事項欄，寫下《木蘭詩》的第一句。全詩共六十二句，每日一句，期末抽考。當時同年級學生都害怕進入我們的教室。少有打鬧，因爲有嚴厲的老師，大家都害怕懲罰，週末到學校裡背詩；那一年《哈利波特》（*Harry Potter*）出現了，剛好是幻想魔法的年紀，老師禁止我們把書帶進學校，古魔法在古詩的面前，一點也不值一提。

只是魔法終究難以抵擋，我們全都找到自己的方式，私底下偷學，互相掩飾，形成自己的護法咒。畢業前，沒人敢在教室裡大聲說出任何一句魔法咒語，但每一個人都能輕鬆背出《長恨歌》、《將進酒》、《桃源行》與《琵琶行》。

告別學校的那一個禮拜，老師仍不放棄在黑板寫下《孔雀東南飛》，送給當時即將進入中學的我們。十三能知素，十四學裁衣，十五談箜篌，十六誦詩書——但我的十六沒有背誦過任何一本詩書。

開始學習造型，當髮型助理，一邊讀書、一邊學習技能，只是我害怕讀書，每天都想著玩。記得入職前，我不斷和朋友說自己的期待。期待十六歲的新髮型，期待全新的髮色，一個新的自己。好像終於能夠告別限制，告別髮禁，也不會再有人告訴我該留什麼樣長短的頭髮、閱讀什麼種類的書，或應該選擇更合適自己的顏色；一年過去，頭髮歷經幾次的改變：黑髮、金髮、人魚般的粉紅髮色及各種顏色的接髮與挑染。那時還不流行鮮豔，常引起旁人注目。

但我只注意自己冒出的第一顆痘，它和進入少年的焦慮一起長了出來。鬍與毛，下巴和胯下，那一年就這樣長出了好多東西，進入認眞照起鏡子的年紀。

第一次這麼仔細看鏡子裡的自己。鏡裡的人好陌生。怎麼看都覺得奇怪，自己總對自己殘忍。買化妝品全塗上臉，開始練習化妝，反正有缺口的部分都必須趕緊填補，活著最令人害怕的就是缺陷。擠破的青春痘在臉上留下一個洞，好像從這個洞開始，就掉入無止盡的深淵。

皮膚不夠好，身材又過於瘦弱，害怕別人看見自己身上的所有缺陷。

家裡出現了一隻巨大蜘蛛，爬在客廳的櫃子上。

我打電話給凱爾，要他來幫我殺死蜘蛛。凱爾只是冷靜地回應，過幾天等家裡沒有食物了，蜘蛛就會自己走掉。我沒有掛上電話，他看我快要哭出來的模樣，還是以最快的速度來幫我趕走蜘蛛；蜘蛛沒有死，只是被趕走了。我怕牠會再回來，就到凱爾家待了幾天。

凱爾常覺得我柔弱，需要被人保護。這樣柔弱的我，卻希望他用各種殘忍的手法將蜘蛛殺死。我對他微笑，情緒和想法常不敢表現，隱藏自己眞實的面貌。人類互相吸引對方的原因，是因爲刻意建構出的假象，還是早就從那假扮的面孔底下，看出了一絲瑕疵才得以靠近的？但應該沒有人喜歡瑕疵。

散步時把路上看見的一朵花拍下，上傳到自己虛擬的世界。陪我一起散步的娜娜形容我，就像被科技操控的人類。拿著手機，總是躲在鏡頭後方；這其實是一種隱藏自己的方法。透過鏡頭記錄當下，刻意轉移焦點，把自己藏起來，放大眼前發現的事物，再和對方分享，以最短暫的方式建立起安全感。平日羞於與人對話，無法直視他人的雙眼，躲入鏡頭的後方卻突然擅於指令，還侃侃而談。雙手有事做了，也不會顯得慌張。

娜娜和我說，植物其實也擁有自己的情緒與感受，它們也會害羞、不自信、感到疼痛。

澆水前對著它們稱讚，會在下次綻放時更美麗鮮艷，撫摸它們的葉片時，一定要輕柔，才會生長得漂亮；帶著哀傷，便容易衰敗。

可我從來不和人透露情緒，它們也能感覺到嗎？即使是盆放在陽台上，一點也不落落大方的花。早晨才盛開，下午便作勢闔上，深怕有誰盯著；每一次想說它的壞話時，都得在澆花後，先假裝若無其事的把陽台門關上，不透露任何一點情緒，才開始抱怨：怎麼養到這樣一盆小氣的花呢？打開手機傳一封訊息告訴娜娜。連對著一朵花都不敢透露情緒。

害怕情緒，是因爲不想有人從透露出的情緒中發現自己的瑕疵，所以我從不輕易展露情緒；擁有情緒時，身體自然產生動作，動作就是我的破綻。不夠陽剛，或是過於陰柔，放大了所有疤痕。最濃烈的情緒就是面無表情，或是微笑，扮成一般人，去和大多數人一樣——也說自己喜歡運動和爬山、喜歡戶外，喜歡陽光，喜歡藍色，喜歡長頭髮和大胸部的女生。

娜娜常到我家，母親和親戚們以爲那是我交往的第一任女友，也曾以爲幫我殺死蜘蛛的男孩，就是正在戀愛的對象。還好，我擅於微笑。

微笑能隱藏情緒，不讓人那麼快看清眞相。懶得說的，不想解釋的，全都微笑。小時候還能任性，現在不敢了，只敢微笑。生氣時微笑，難過時也微笑，認識新朋友、進入新環境也都只微笑，直到雙方尷尬，或許還覺得我難相處，幹嘛一句話也不說。

反正沒有人眞的在意，大家只是喜歡成爲品頭論足的人。繼續說那些大家想聽的答案，繼續點頭，保持微笑，沒有任何事物比微笑還更具有欺騙性了。

久未聯絡的同學，看見我成功售出自己展出的第一件作品、出版了幾本書，都陸續傳來訊息。他們認爲我已經達成夢想，從此便能平步青雲，但我仍舊尋找著新的模樣。完成階段性目標，從來不曾讓我感到自信與快樂，只是又進入另一個更難的關卡。那顆擠破的青春痘在臉上留下了疤，只能不斷尋找更好的修飾技巧來遮掩。

這樣的個性常讓我感到困擾。我必須在每一件事上微笑，即使是文字，有時也必須強迫微笑著，這些全是我眞正渴望追逐的吧，但那又是爲什麼？

情色日記

・台北公寓

曾試著寫日記，把每一天發生的事情記錄下來，只是它常過於瑣碎，記下的事雖得到宣洩，但也意識到自己是這樣過多情緒的人，便不寫了。討厭成為敏感的人，以為不寫便能不再看見，發生的事情也沒有發生。雖然偶爾也還會再寫，全都只是一時多慮，重複上演著庸人自擾的戲碼。

我試著把記錄下的，全加上如果。

如果，你在那一天結束後就死亡了；如果我曉得那一天結束後，你就會死亡。和你爭論一部電影裡的人物造型，我有些生氣，因為我認為自己比你更懂得造型。總是這樣無聊的小事，差一點在與其他朋友共同的群組中爭吵；如果我們在吵完架後，不再有機會對話。在吃草莓泡芙時噎到，被自己最愛的食物殺死、聽音樂跳舞，因爲過於忘我而跌倒，眼睛插入放在一旁的飲料吸管上，失血過多死亡。我的名字或是你的名字，自此開始媲美血腥瑪麗，變成一杯酒，那我們還要爲了一件小事爭吵或煩惱嗎？人都這樣，失去才懂得珍惜。

如果，你住的那間小公寓爆炸了，把你炸得粉身碎骨，那我就不和你計較了。所有無關緊要的小事，都沒有粉身碎骨來得嚴重。

幻想死亡一直是很勵志的事情。感受失去，或是意識到自己再也無法擁有感受，不存在了，才是最好的感受。活著哪來那麼多事情計較。活著，就是看見親人死亡、愛人離去，看著愛人的器官放進另一個人的嘴裡。享受陽光、高潮與做愛，看新聞報導發生在遠處的眞實生活：有人被殺了，有人入獄。有人被綁架，有人始終自由。有人戀愛，有人始終都在談愛。有人成功，有人在成功的隔一天就突然死去。

承諾肯定不重要了，我們能不能永遠在一起，也變得渺小；生命的意義又該是什麼模樣？那些對於你和我自己的問題；詩呢？早就沒人想要在意，一點也沒有意義。

你突然出現在我家門口，按著大門的電鈴與我對話。我把門打開，掀起門簾，問你是不是故意和我吵架，再跑來找我。

好浪漫，這就是死亡的意義。

•

我們待在你租的麟光小公寓裡，你說你從夏威夷飛來台灣，就一直住在這。每一天結束了工作，你還要繼續寫論文。

你常因爲論文頭痛，我不曉得該如何幫助你緩解，就躺在一旁陪你。有時你會生氣，要我也去找一些事做，但我只是又買了更多草莓泡芙，買許多不同的零食回到你的公寓。你累了，就摸我的腿，再把我的襯衫解開，你舔我，我也舔你，好像不那麼累了。傳訊息給你，開始尋找更多方式舔你：想你了，我今天要扮成麥莉（Miley Cyrus）。

麥莉之後，是卡麗熙（Khaleesi），《冰與火之歌》（*Game of Thrones*）裡的龍母，你最喜歡她。我從沒看過，你就陪我重新開始。做愛、論文、工作，不斷重複著，你說這樣的日子好幸福，但你要回夏威夷了。

台灣與夏威夷距離八千公里，十八小時的時差，航程需要十小時。我一直哭，那對我來說太遠了，我們的《冰與火之歌》也還沒等到完結。你說：我們還是可以聯絡啊，你可以自己把《冰與火之歌》看完，我們再一起討論。

你不愛我了吧。全都是藉口。你只是舔膩我了，你現在想回去舔夏威夷的腿。

你說我的生活有太多你。但愛情不就是我和你而已嗎？

我和安藤說，現在想起來，已經不曉得當初的自己，看見了他身上的哪個部分，它們好像都不再讓我著迷，可是這好像才是我的第一次初戀。安藤問我，那在這之前呢？那些也愛過我的人。我不曉得，是他讓我找到了自己。

現在的我，他一定很喜歡吧。我的創作有了展出的機會，我寫了三本書，有自己的生活。

．東京公寓

那是我獨自跑遍了京都與大阪後，待在東京的最後一個地方。原先計畫從停留的地點再走到「歌舞伎町」，但實在是再也走不了任何一步，雙腿積著將近三天不停走動的痠痛。距離返回名古屋的午夜末班巴士，還有好幾個鐘頭。最靠近自己能夠休息的場所，全是漫畫店、網咖和湯屋。我以最快的方式找到一間附有漫畫和電腦，能夠短暫休息的小旅舍「男士の屋」。漢字裡有「男」也有「屋」，一定是給男生休息的場所；網站裡的圖片，就只是一個小房間和幾櫃的雜誌與漫畫，地點位於一棟大公寓的三樓內，不是設在一樓大門那樣常見的開放形式。

入口是熟悉的公寓鐵門，蓋上一塊厚重布簾，鐵門旁貼著：入內請脫下鞋襪、禁止使用手機與其他攝像（還得脫下鞋襪，通常都只需要脫鞋）。雙腿再也站不住，便不疑有他付了一千円，脫下自己的鞋襪，帶著櫃台附上的毛巾走了進去。

踏入的第一步，坐在大廳書櫃前的每一個人都抬頭看了我一眼。說是大廳，但它其實只是一條狹窄的走廊，在盡頭擺著兩座塞滿漫畫的書櫃。室內幾乎沒有燈，只有那種讓人稍微感到不對勁的燭光。我快速掃過眼前的漫畫，全是翻了幾頁便能立刻再提起精神的內容。

轉進位於書櫃旁的另一條走廊，翻開布簾，簾後像是整層公寓都被互相打通，成了幾乎伸手不見五指的迷宮。每前進一步，都會有行徑詭異的男子盯著自己，看你赤裸的腳，再看你的臉。走廊狹窄，必須得穿過他們才能前進。我的房間在不曉得繞過了幾條走廊後，終於出現；房間內，只有流動廁所一般的大小，擺著一張椅子和一台電腦，旁邊附上衛生紙與垃圾桶——被騙了，和網站裡的圖片完全不同。左右兩邊的牆上，各有一個大小剛好是手臂能夠輕鬆穿越的洞口。好像，終於曉得自己到了什麼樣的地方。

要離開嗎？好累喔，好懶得再走一次迷宮。

正常的世界

殯葬老闆前往一場聚會
那是金錢與權力的世界
拿起一台相機與英雄高歌
歡笑與友誼，並等待他們死亡

•

害羞的人裝滿了淫蕩的東西
拍攝裸露的照片
批評穿著暴露的明星
西裝褲裡，暴力與優雅同時存在

•

夜晚將衣服脫下
賺一百元美金
早晨幫流浪的狗
買了罐頭

入口

這裡便是入口了
選擇一個方式進入
聆聽愉快或是哀愁的吶喊
道出善意或是惡意的話語
萬物的大門，從來
就只生長於你我軀體
凝視後開啓

後記

距離《我是很骯髒的那種怪物》出版，已經是兩年前的事情了。這段時間，我曾收到一位讀者傳來的問題，他問我，在這樣的時代成爲非主流創作者，有什麼樣的困難？

我一直曉得，文字不容易，能夠擁有願意閱讀自己的人，也很困難。雖然在這個新的時代，不管是主流或是非主流，都比任何時期更容易擁有展現自我的方式，但我曉得自己正在創作的題材與內容，甚至是以詩這樣的形式和所有人對話（即使它早已在社群媒體被普及閱讀，卻仍屬於極小眾），都是難以被大多數人接受的。我描寫情慾，大聲說著被社會視爲低俗的幻想，在發表每一首詩和作品之前，也始終因爲害怕和焦慮，總是處在未知與迷失的狀態裡，擔心自己較爲少數的聲音與視角而遭到攻擊，抑或是在社群媒體上，不小心觸及規範而有被消失的可能。

爲什麼我非這樣的形式不可？爲什麼性與瘋狂才更能讓我感受眞實？我不曉得，也沒有答案，我也想試著成爲簡單的人。

很多時候，我其實不想與任何人對話，我寫的文字、創作出的所有作品，從不是預設好給任何一個人的，但同時，卻又曉得自己已經擁有觀眾與讀者，曉得做出來的一切，都有人正在看著，那種到底要與人對話，還是繼續埋首在自己世界裡的矛盾感，一直是更需要調適與適應的。

這一本書、詩與散文集、文字與影像創作集，怎麼稱呼它都無所謂，我只是從這些早已被定義的形式裡摸索，儘可能讓自己感受到快樂，而收錄在這本書裡所有形式的創作，就是我找出愉快和減緩焦慮的方式。

在所有情緒裡，快樂一直是我感受到最短暫的，所以我總是設法將它放大：不停止。持續尋找。用任何方式做。停下來就感到死亡。

聽起來，我好像無止盡的沉浸在痛苦裡，但其實我只是常擁有疑問。疑問時，就去找解答，雖然答案不一定能透過這些形式找到，不過最重要的，一直都是找尋的過程，是它讓我感到快樂。重新審視對自己造成影響的人與事物，再次去感受那些自己渴望靠近的、排斥的、美麗和醜陋的，看看是誰造就了這樣思考的我。也或許，一直都只是自己。

我的恐懼、焦慮、憤怒和慾望都從何而來，又爲何至此？總是有許多疑問。好煩，卻又好快樂；好快樂，卻又好煩。要是都不想了，也會開始感到焦慮，擔心自己成爲了無法找尋的人，矛盾永遠在那裡。

《歇斯底里日記》完成的過程，我確實感受到了快樂。不確定這一切能帶給我什麼，但我曉得自己始終渴望誠實，渴望從開始說眞話去感受到一點眞實和愉快。現在的我，比起剛開始創作時已經自在許多，快樂都跟著延長了，但焦慮和害怕也是，幸好自己創造出的世界還能夠容下它們。也終於能大膽選擇喜歡的顏色了，不管別人怎麼說，就在這裡繼續當任性的孩子，成爲任性的粉紅，只扮演自己：染新的髮色、買漂亮的衣服、畫煙燻妝、拍裸露的身體、找美麗的娃娃將它們毀滅。

Love 056

歐斯底里日記

作　　者—米蘭歐森
主　　編—李國祥
企　　畫—吳美瑤

董 事 長—趙政岷
出 版 者—時報文化出版企業股份有限公司
108019臺北市和平西路三段二四〇號三樓
發行專線—（〇二）二三〇六—六八四二
讀者服務專線—〇八〇〇—二三一—七〇五
（〇二）二三〇四—七一〇三
讀者服務傳真—（〇二）二三〇四—六八五八
郵撥—一九三四四七二四時報文化出版公司
信箱—一〇八九九臺北華江橋郵局第九九信箱

時報悅讀網—http://www.readingtimes.com.tw
電子郵箱—genre@readingtimes.com.tw
法律顧問—理律法律事務所　陳長文律師、李念祖律師
印　　刷—家佑印刷股份有限公司
初版一刷—二〇二四年九月十三日
初版二刷—二〇二五年二月二十六日
定　　價—新臺幣五八〇元

時報文化出版公司成立於一九七五年，
並於一九九九年股票上櫃公開發行，於二〇〇八年脫離中時集團非屬旺中，
以「尊重智慧與創意的文化事業」為信念。

歐斯底里日記 / 米蘭歐森著. -- 初版. -- 臺北市：時報文化出版企業股份有限公司, 2024.09
面；　公分. -- (LOVE；56)
ISBN 978-626-396-536-2(平裝)
863.51　　113009724

ISBN 978-626-396-536-2
Printed in Taiwan

米蘭歐森
MILANO OLSEN

2020年以人體、拼貼、影像、文字及他的「紙娃娃系列」作爲主要創作形式；創作內容多爲描述自身的焦慮，作品則常以網路的媒介呈現。著有《愛死了》、《我是很骯髒的那種怪物》。

Instagram: milanoolsen、milano_olsen